有爱的青春陪伴者

长路漫漫，
沈掌门，
余生请多多指教！

掌门今天睁眼了么

橘刀疤 著

江苏凤凰文艺出版社
JIANGSU PHOENIX LITERATURE AND ART PUBLISHING

图书在版编目（CIP）数据

掌门今天睁眼了么 / 橘刀疤著. -- 南京 : 江苏凤凰文艺出版社，2021.10

ISBN 978-7-5594-5643-4

Ⅰ. ①掌… Ⅱ. ①橘… Ⅲ. ①长篇小说－中国－当代 Ⅳ. ①I247.5

中国版本图书馆CIP数据核字(2021)第020566号

掌门今天睁眼了么

橘刀疤 著

责任编辑　孙金荣
特约编辑　欧雅婷
责任校对　周　萍
出版发行　江苏凤凰文艺出版社
　　　　　南京市中央路165号，邮编：210009
网　　址　http://www.jswenyi.com
印　　刷　长沙鸿发印务实业有限公司
开　　本　880mm × 1230mm　1/32
印　　张　9
字　　数　171千字
版　　次　2021年10月第1版
印　　次　2021年10月第1次印刷
书　　号　ISBN 978-7-5594-5643-4
定　　价　39.80元

江苏凤凰文艺版图书凡印刷、装订错误，可向出版社调换，联系电话025-83280257

目录 / contents

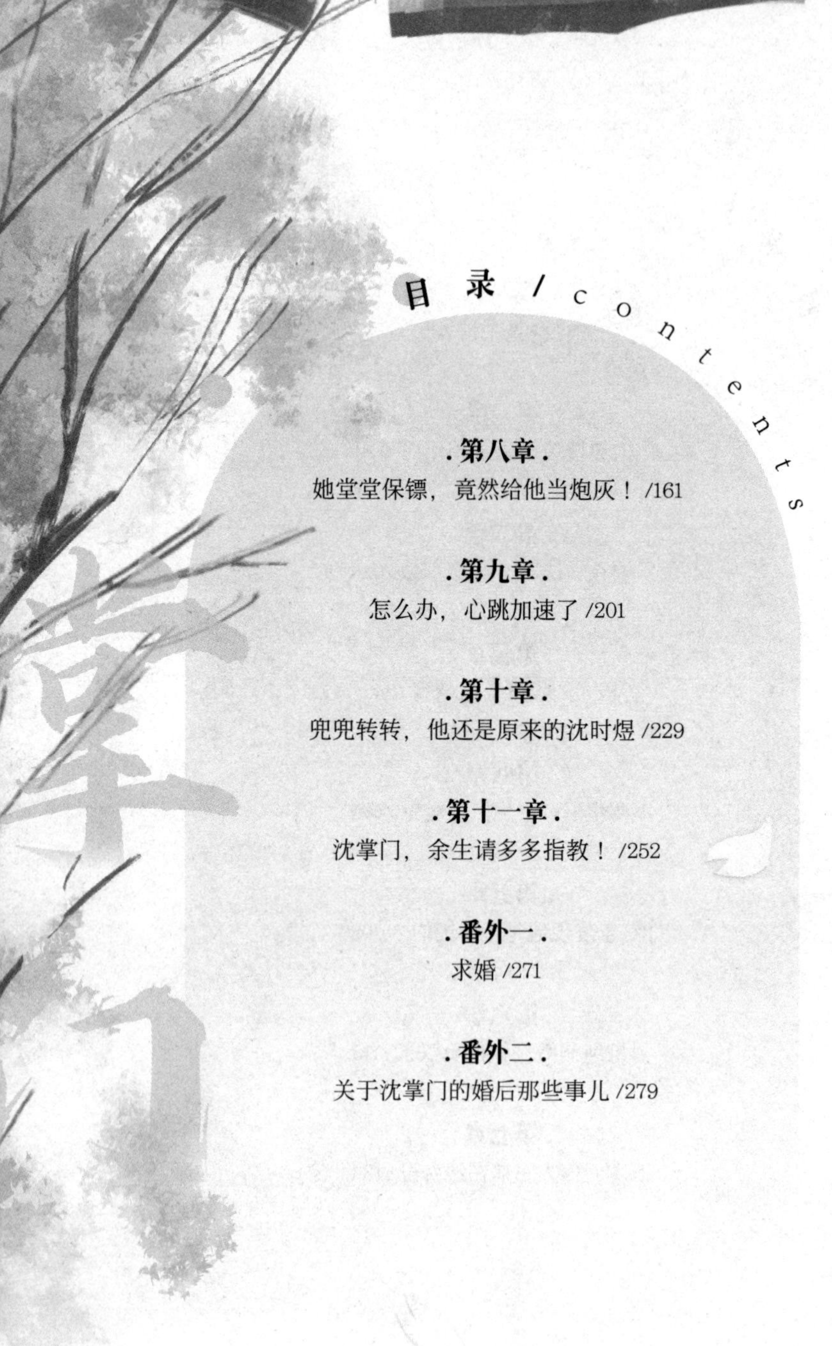

目录 / contents

楔子

新任务是个坑

窗帘紧闭，阴暗的办公室里，尹言四下搜索，确定没有隐藏的摄像头后，心潮澎湃地拿出龙经理郑重其事交给她的档案袋。

是当红的明星？或是重要的政客？还是某个国家元首？

尹言将一沓资料抽出来，第一页便是一些重要注意事项，她看也不看便随手搁在桌上，然后接着翻开第二张——

姓名：沈时煜

性别：男

年龄：28

……

她一目三行地快速掠过这些，突然一张旧照片掉落出来。

照片上的人很明显是此次任务的保护对象。

尹言没有见过这么具有视觉冲击力的脸，只是他的衣服，竟是一袭青色长袍，虽是与这时代格格不入的穿着，却自有一股说不出的清新俊逸。他的发丝有些凌乱，笔直地站在名叫“疾风馆”的武馆门口。他的身材修长挺拔，五官精致得如雕刻般，神色却淡漠冰冷，只是在这张轮廓分明的脸上有着这样一双眼睛——犹如死鱼般灰寂的眸子，他看着镜头，仿佛在望着半尺远的虚空。

“这是在玩角色扮演？这个死鱼眼真是毁了一张脸啊。”尹言边说边将被搁置一旁的注意事项拿起来看，不看还好，一看她的白眼快翻到了天灵盖——

沈掌门不喜欢和别人对视

沈掌门不喜欢仰视他人

沈掌门不喜欢别人占用厨房

沈掌门不喜欢鼻毛露出鼻孔的人

沈掌门不喜欢长得太猥琐的人

沈掌门……

尹言瞠目结舌地看着，只觉得这些莫名的注意事项太过辣眼睛。

这沈时煜到底是何方神圣，竟有如此怪癖。

临行前，尹言脑海里始终浮现着龙经理那个热泪盈眶的眼神。

大学毕业后，本想当条咸鱼的尹言，全靠老爸打点才能就职于（强行塞进）保镖公司排行榜上排名第二的龙威镖行。

美其名曰，女儿当自强。

截至目前，她执行过金额最大的任务，也不过是护送一位网红小学生上下学。

而尹言这一次的任务，是护送疾风馆那个奇葩，哦不，那个沈掌门平安抵达福兰市。

此时的她并不明白，龙经理为何不派霸榜第一狂魔钟傲天执行这个任务，直至到达不服来战山后，她终于明白龙经理最后的那个眼神是什么意思。

那双时刻充满了精明和算计的眸子里分明饱含了祝你好运的含义。

原来，是对方出的金额太“感人”，只能派“物有所值”的她。

第一章 送上门的免费劳役工，不用白不用

不服来战山，出名的除了它的名字，还有它钟灵毓秀之所在。

整座山林始终笼罩在层层白雾中，一条条灰白色麻石铺成的弯弯曲曲的山路，向着疾风馆延伸而上，恰似天梯。

疾风馆虽处天地灵气之所，却年久失修有些摇摇欲坠。朱红色的院墙有些已经坍塌，两扇大门歪倒在一旁，院内铺盖的地砖也都碎裂开来。

没有人知道此馆是何时修建，也不知道它的来历，它仿佛是横空出现，坐落在这片群山之巅一般。

这好像是一座破败的武馆。

尹言想上前询问正在门前老槐树下打瞌睡的老人，又不忍打扰他老人家休息，正不知所措时……

“姑娘，你也是来找我掌门师叔的吗？”

一只胖乎乎、肉嘟嘟的小手戳了戳尹言的大腿，见她没反应，又戳了戳。

稚嫩的童声源自一个小学徒，他肥嘟嘟的身体装在宽松的青色长袍里，头上戴的帽巾斜到了耳边，显得有些滑稽。他圆圆的大脸上镶嵌着一双黑亮的大眼睛，此刻正亮晶晶地看着尹言。

“掌门师叔？你掌门师叔是哪位？”

尹言的话音刚落，那小学徒就一脸惊恐，仿佛听到了多么震惊的话，问道：“你居然不认识我掌门师叔？”

尹言一脸莫名：“我为什么要认识你掌门师叔？”

“那你来这里做什么？”小学徒愤愤道。

尹言从背包里拿出照片，还没开口询问照片就被小学徒一把抢过去，只听他鄙夷道：“还说对我掌门师叔没有非分之想。”

“这就是你掌门师叔？”

“是啊！是不是帅到宇宙毁灭的那种？”小学徒挺直身板，指着已被踏平的门坎，话语里好不骄傲，“喏，都是被那些明星、网红、豪门千金给踏的。”

尹言听了摸着下巴配合地点点头。对于相貌这一点来说，她相信沈时煜有这个能力，只是也太过夸张了。这路途遥远、荒山野岭的，除了她这个有任务在身的，还有谁愿意来？

尹言无视小学徒一脸惋惜的表情，他那眼神仿佛在说你这样子的就算了吧，人要有自知之明。

尹言抬脚就要往馆内走，却被小学徒告知沈时煜并不在里头。

“不在？那总还有其他人吧？”尹言问。

小学徒摇摇头：“白天师叔们都不在。”

“在哪儿？”

“去山下的镇上卖艺了。”

尹言抽了抽嘴角，无语地擦了擦冒汗的额头。这都 2021 年了，还需要去卖艺？

“你家掌门师叔在哪里？我去找他。”

尹言只想赶紧完成任务，离开这个不毛之地。

“不行！我掌门师叔岂是你想见就能见的！”小学徒双手叉腰，身形呈茶壶状。

“别闹！我找他有急事！”

见小学徒依然不为所动，尹言凑上前，弯下腰，一副十万火急的样子，说道：“有人要追杀你掌门师叔，我是被派来保护他的！”

最后，在尹言的威逼利诱和恐吓下，小学徒泪眼汪汪地领着她下山找人了。

一路上尹言和小学徒的交流十分愉快。在小学徒的认知里，他的掌门师叔不仅是世界第一美男子，还可以上天入地、飞檐走壁、无所不能，简直跟神话片里的男主角如出一辙。

山道两旁都是笔直的参天大树，沿着这条路走了大约三四十分钟，便看见了山脚下的大石坪上刻着几个龙飞凤舞的大字——不服来战镇。

尹言翻了个白眼，这名字也够特别的。

小镇并不小，街中心的地面全用青石板铺筑。大街小巷人群拥挤，摩肩接踵，一家家小店门前更是热闹。

小学徒熟门熟路地走在前头，带着尹言穿街过巷，最后在一座石桥桥头停了下来。

“掌门师叔！”小学徒兴奋地喊了一声。

石桥中央那个男人穿着一身青色长袍，冷色调的衣裳衬得他更显得疏淡。他坐在矮凳上，虽然浑身散发着冷漠疏离，但让人感受到一种清雅高华。

他闻声，转头看过来。

正感受着小镇生活气息的尹言听到这一声喊叫赶紧跟着看了过去，仅仅一眼，她整个人就有些不好了。

她抬头看了眼万里无云的蓝天，突然觉得眼睛有些酸胀。

她一定是太累太饿了，才会生出这种幻觉。

那掌门师叔的气质与照片上的人无异，只是那张脸……她不得不感叹现在的手机美颜 APP 效果太强大，远处的那张脸像刷了白漆一样，比白纸还白，左侧眉峰上还有一颗黄豆大的痦子，痦子上还有一根细长微卷的绒毛，双眼无神没有任何波澜。要不是那标志性的死鱼眼，她都怀疑自己认错了人。

尹言还是露出职业性的微笑，向沈时煜走去。待走近时，她只觉得前途一片昏暗，她更想戳瞎自己的双眼。

沈掌门面前摆着一张方形小桌，桌上摆满了手机屏幕保护膜，种类繁多。她的视线往下，桌子侧面挂着一张横幅，上面行云流水地写着——性感掌门在线贴膜。

此刻的她已经是四肢无力、头脑发昏。

她回想起那份让她抓狂的注意事项书，心里突然有了答案。

那就是，要么不把自己当人，要么不把沈掌门当人！

很快，尹言就振奋起精神，将委任书从背包里抽出来，双手递给沈时煜，主动介绍来意。谁知那厮像是当她不存在般，一双死鱼眼自始至终没有睁大过，依然没有一丝波澜。

“师叔不喜欢仰视别人啦。”小学徒拉了拉尹言的袖子，极小声地提示。

得！顾客是上帝，沟通交流还要时刻注意方位。

“沈掌门，请你跟我一起回福兰市，我会一路确保你的安全。”尹言边说边心不甘情不愿地蹲了下来。在看到那张鬼斧神工的脸后，她忙转移了视线。

沈时煜将委任书随意地翻了翻，仍是气定神闲。他瞟了尹言一眼，便让她浑身汗毛直立，一道低沉清冷的声音自他薄唇中吐出：“对方出了多少钱，我出双倍，你走吧。”

尹言：“……”

虽然听起来很诱惑让人无法拒绝的样子，但按照正常的流程不应该是这样呀，至少她认为应该是沈时煜愉快地答应，两人愉快地结束此次任务，她愉快地拿到报酬，看着钟傲天一脸吃瘪的样子，然后开启她买买买的模式……

“咳，沈掌门，这样不合规矩，我们……”

尹言话还没说完，眼前的沈时煜站了起来，他的身高足足高过她一个头。他弯腰摆正小学徒头上的帽巾，冷漠且不耐烦地打断她：“一千块够吗？”

没等尹言消化完这句话的含义，旁边的小学徒已经惊呼起来：“哇！师叔，这是一个月的伙食费呀！”

一名受过训的安保人员首先要做的，就是要了解雇主的生活背景、家庭成员等；其次在收集到的资料基础上拟写整个任务的安全服务方案，内容包括对有可能受到的自然伤害和人身伤害，以及意外风险评估。

然而在出发前，龙经理除了给尹言一堆注意事项和简单介绍之外，什么消息都没有，初出茅庐的她此刻蒙了。

什么“辣鸡”小说，什么“辣鸡”韩剧……当龙经理神秘兮兮地告诉她事成之后还有六位数的奖金时，她已经脑补了对方肯定是财大气粗、家缠万贯，毕竟能请得起保镖公司排行榜上排名第二的龙威镖行的人都是非富即贵。

她在来的路上还抱有的一点儿幻想，此刻完全破灭了。

“沈掌门，请尊重我的职业。”尹言板着脸，满脸写着我很不高兴。

沈时煜蹙了蹙眉：“我觉得不被尊重的是我。”

见尹言不解地看着自己，他又冷冷地开口：“要保护我的人多了，你算老几？”

尹言奓毛，却又不好发作：“我可是就职于鼎鼎大名的龙威镖行，受过专业的训练，具有过硬的心理素质和技术。”

沈时煜扯了扯嘴角，用那双对什么都激不起兴趣的死鱼眼瞥了瞥她，什么也没有说，径直坐了下来，从桌肚里抽出个布袋，将桌上的手机膜一一收好装进袋子里，说道：“小圆，走了。”

人如其名的小学徒冲尹言耸耸肩，示意她可以走了。

尹言仿佛看到了镖行内钟傲天以及一干同事的嘲笑脸，握了握拳，问道：“要怎样你才肯走？”

沈时煜闻言，那双白净修长正在收拾东西的手停了下来，他沉默了好一会儿才问：“你说……你是龙威镖行的？”

尹言顿时来了精神，忙点点头。

“我不信。”

任谁也无法相信眼前这个灰头土脸、瘦瘦小小的女人是龙威镖行派来的。

尹言平生最讨厌被人小看，虽然她不是特种兵级别，但好歹也有些功夫傍身，于是她摆好格斗姿势，冲沈时煜扬了扬下巴：“输了你就乖乖跟我走。”

漫长的沉默后，沈时煜看也不看她，也没有任何动作，只是淡淡开口：“小圆，开始你的表演。”

听到吩咐的小圆兴奋地勒紧了裤头，又将宽大的袖子卷了卷，站在了尹言的对面。

真是士可忍，“言”不可忍。

尹言气急败坏地向小圆身后的沈时煜发动攻击。

不过是电光石火之间，随着一阵闷响，她直挺挺地趴在地上翻白眼，带起一片尘土飞扬。

小圆厚厚的双下巴抖了抖，收回了小短腿。

无语问苍天，欲语泪先流。

沈时煜居高临下地扫了眼地上的“物体”，凉凉道：“你不会是进了一个假的龙威镖行吧？”

尹言挣扎着从地上爬了起来，抽了抽鼻子，真是丢脸丢到家了，她嘴硬道：“我只是没有做好准备。”

呜呜呜……她居然输给了一个毛都没长齐的小屁孩。

不过是被嘲笑而已，如果连这点小事她都克服不了，将来怎么做大事。

脸皮厚如城墙的她，早已百炼成钢。

“唔……最近，我是需要一个保镖。”沈时煜似在自言自语，又像是在跟尹言说话，“我要回去，但不是现在。”

“啥意思？”

“最近赚了太多钱，我怕被抢。”

“……”

在沈时煜将桌子和横幅收起来的刹那，尹言不小心瞥到了那写着“性感掌门在线贴膜”的横幅反面，依旧是行云流水的字体——霸道掌门在线算命。

……

今天看到太多辣眼睛的东西，受了太多刺激，她有些承受不住了，问道：“你……真的很有钱吗？”

沈时煜淡淡地“嗯”了一声，又摇摇头，依旧是云淡风轻的语气：“就是太有钱了，现在我只想做一个普通的有钱掌门。”

这都是些什么人啊？

“所以，你的意思是我们可以愉快地合作了？”尹言好像再次看到了希望。

“不！”沈时煜第一次正眼看向她，还是没有任何情绪的死鱼眼，“既然有人出钱聘用你，我没有不白用的道理。”

尹言有些愕然：“可是……我连小圆他……”

沈时煜绕过她，大跨步向前走着，侧目道：“小圆出手，你要给小费。”

“……”

“在我没有回去之前，你要给我打杂！”

送上门的免费劳役工，不用白不用。

夕阳渐渐西下，绚丽的晚霞给整个小镇镶了一层层金边，一行人在落日的余晖下加快了脚步。

作为打杂人员的尹言，当然不能有任何怨言。例如此刻她提着买好的菜，背着小桌子，挎着横幅，身心疲惫地站在马路边，看着那个端着二胡、准备卖唱的青年。

青年拉了拉弦试试音，袖子一甩，眼睛半眯着，随着手指的按压和琴弓的拉动，悠扬的琴音响起，他整个人都陶醉在这琴音中。

尹言跟着琴声打着节拍，越听越觉得耳熟，竟不自觉地哼唱出来——

“啊哈哈哈，哈哈哈哈黑猫警长……”

……

这简直是对中华传统乐器的侮辱！

“二师叔！”

清脆的童声从身侧响起，再看到小圆挥舞着小手，冲正沉浸在琴音中的青年叫喊，她顿时了然了。

所谓物以类聚，人以群分。

她不能将他们划分为正常人这一类。

比如毛都没长齐却武艺高强的小圆，比如眼前这个装腔作势的阳光青年，再比如……令人一言难尽的沈时煜。

青年抬头看向他们，咧嘴一笑，也冲他们挥了挥手：“你们收摊了？我这边今天收益不怎么好。”待看到尹言时，他疑惑道，“这位是？”

沈时煜缓步走过去，看了看琴包里的纸币和硬币后，不冷不热道：“免费的杂役。”

尹言内心痛骂沈时煜无数遍，面上却堆着笑：“你好，我叫尹言，从今天起是沈掌门的私人保镖。”

“哦，他们终于出手了？”青年向沈时煜眨眨眼，一副戏谑的样子，“姑娘可以叫我李存离。”

沈时煜没有理会李存离，接过他手里的二胡，然后瞥了瞥尹言，说道：“发挥你作用的时候到了。”

尹言指了指自己，确定沈时煜没有问错。

发挥作用？什么作用？看沈时煜要拉二胡的架势，难不成要找人伴个舞吗？

尹言看了看自己这一身灰不溜秋、耐脏又抗打的运动服装，心想，也不可能啊，那么只有一种可能了。

“看一看瞧一瞧了啊，性感掌门亲自拉二胡了啊，走过路过不要错过了啊。”

尹言扯起嗓子大声叫喊，声音甚是洪亮，响遍了整条街道。

李存离和小圆皆惊掉了下巴。

沈时煜那张比白纸还白的脸此刻黑了黑。

凑热闹，是人的本性。在尹言声嘶力竭的吆喝下，不一会儿，看热闹的人将他们围了个水泄不通。

沈时煜似乎对这场面很是满意，缓缓坐下后，动作从容地摆好姿势，左手在琴弦上上下移动，右手有力地运弓，二胡独特的低沉嘶哑的琴音从他指间绵延开来。

那曲调时而低沉，时而高亢，时而清脆，时而雄浑……尹言想起了中学时特别喜欢听的《二泉映月》，低沉中的曲调中又带有作者的几分坚毅与自强不息。虽然她不知道沈时煜此时拉的曲子叫什么名字，背后有怎样的故事，但这首曲子听起来也有如此心境。

尹言偷偷抹了抹眼角因感动溢出的泪水，发现围观的人们也被感动了。这一刻的她对沈时煜的看法有了些许改观。

再看那正襟危坐的沈时煜，虽然那张脸非常冷漠，但他举手投足中散发的清新俊逸和淡定优雅，足以让人移不开双目。

一曲终了，四周掌声如雷。

小圆推了推一旁呆滞的尹言，示意她快去收钱。

围观的人群意犹未尽，久久不愿离开，后来在李存离反复强调每日只拉一首，过时不候的宣传下，才渐渐离去。

琴包里的钞票快塞满了，小圆和李存离数钱数到手抽筋。

直到围观的人全部散去，沈时煜才默默地从宽松的道袍里掏出一部老年手机，面无表情道："老年机就是牛，声音够大，音质够好，还省了音响钱。"

尹言："……"

李存离："我啊，是真拉；师兄啊，靠它。"

面对如此厚颜无耻、弄虚作假的沈时煜，尹言此刻无比需要一颗速效救心丸。

夜幕降临的时候，尹言终于将大包小包扛到了疾风馆门口。

黑夜中的疾风馆，真是应了那句"会当凌绝顶，一览众山小"。

时值盛夏，天气炎热。黑沉沉的夜却仿佛被泼了一层浓墨，一点星星的微光都没有。山顶的气温急剧下降，四周寂静阴森，一股凉意自脚底涌向全身，尹言打了个冷战，拔腿跑向院内。

院子很小，正对着武馆的大殿殿门紧闭，无法得知里头供奉的大佬是谁。

此时的尹言已经饿得前胸贴后背，瘫软地靠在破旧的石柱上，她用尽力气拉住蹦蹦跳跳准备往后院去的小圆，问道：“饭呢？没有饭吗？”

“师叔已经将饭菜做好了呀！”

绕过院门，后院中央摆放着一张破损了一个桌角的桌子，四周摆着的是圆整切平勉强称为椅子的树桩。

李存离正摆放着碗筷，而白天在老槐树下睡觉的老师父正从厨房端菜出来。

五菜一汤，全是素菜。

这些菜对此刻的尹言来说就好比山珍海味，她正要去拿碗筷时，却发现只有四副。

“我的碗筷呢？”

李存离冲她微微一笑：“都是要给钱的。”

尹言：“……”

得！拿人手短，吃人嘴软。

尹言转身来到厨房，沈时煜正解下粉嫩嫩的围裙。这颜色衬着他那张脸和那双眼，说不出的滑稽。

“以后吃饭都要给钱吗？”

“天下哪有免费的午餐？”沈时煜看也不看她，将围裙挂好。

“那他们呢？”尹言撇撇嘴，指向院中正在抢菜的三人。

沈时煜淡淡瞥了她一眼：“所以他们要卖艺啊。”

“那……那小圆呢，还有那个老师父呢？”尹言不服气。

“尊老爱幼是中华民族的传统美德。”

这是什么道理！尹言欲哭无泪。

人在江湖，身不由己。在给了一张红色钞票后，尹言吃完了一顿憋屈的饭，因心中有泪，再好的美食也如同嚼蜡。

吃完饭后，其他人都回了各自的房间，那么此时唯一的问题来了——她睡哪儿？

放眼望去，整个疾风馆，除了变态的沈时煜拥有单独的一间房，另外三人住的一间，只剩下堆满杂货的杂物间了。

虽然接受保镖培训中，风餐露宿、半饥半饱的事常有，但……尹言还是好气哦，感觉受到了轻视。

夜色浓厚得化不开，冷风呼啸，吹得树枝摇摆，像张牙舞爪的妖怪。

沉沉的睡意袭来，尹言只觉得眼皮在打架，下一秒就要站着睡着了。

“姑娘，夜深了，你还不去睡觉吗？”没有一丝脚步声，一个沙哑撕裂般的声音突然自身后传来。原来是不知道什么时候出现的老师父举着手机，微弱的亮光映着他那张灰黄的脸，皱巴巴的像大叶柞树皮，满是沟壑。

“沈时煜，我与你不共戴天！”

吓得魂飞魄散的尹言以生平最快的速度一股脑儿地冲向沈时煜的房间。

然而在打开门的刹那，她退后几步，在确定没有走错后，又走了进去。

狭小的房间可以称得上非常豪华了，电视、电脑、空调、冰箱之类的电器一应俱全，甚至还有单独的卫生间……豪华的装潢，与这破败的武馆格格不入。

“吱呀”一声，卫生间的门适时打开，弥漫着水汽的浴室中隐隐站着一个人，一双修长有力的腿一步步地走出来，沈时煜的下半身仅穿着绸质中裤，莹莹水珠还挂在结实有力的腹肌上……尹言的视线再往上移，他凌乱的发丝还滴着水珠，一张英俊的脸庞神情冷淡。看见眼前已经石化的尹言，他嘴唇紧抿，双眼还是标志性的死鱼眼，很是平静。

“你……你……”一股热血涌上头，尹言嘴巴张了半天，也没说出个所以然。

“你这是在光明正大地偷窥？”

熟悉的、低沉清冷的声音出自眼前这个相貌英俊得过分的男人。

尹言的嘴巴张成了“〇”形：“你、你是沈……”

那恶心的痦子呢？那刷了白漆一样的肤色呢？

玩变脸吗？好歹那双死鱼眼给我睁开呀！

“嗯。”沈时煜将挂在衣架上的家居服穿上，似有若无地叹了口气，“你不懂太受欢迎的烦恼。”

尹言捂着“受伤”的胸口，感觉心里很是疼痛。

“深更半夜有何事？”

好一会儿后，尹言才消化完这些事实，只觉得面前的沈时煜太过耀眼，不敢直视。

“沈掌门……作为，作为女人，我觉得……”尹言的后半句——“怎么也不能分配杂物间给我睡啊”还没说出口，就被打断了。

沈时煜扫了她一眼，淡淡道：“哦，你还知道自己是个女人？”

“我进你房间来纯属意外。”

“选择保镖行业，你有把自己当女人？”

跟沈时煜沟通，要具备强大的心理承受能力。

尹言正准备开口反驳，却见沈时煜微皱眉头，眼中浮过一丝厌恶。

屋顶传来一阵极轻的声音。

如若连这点细碎的脚步声都分辨不清，那她真要回家种田了。

咚、咚、咚……

不多时，又传来重重的、金属敲击的声音。

尹言目瞪口呆，敢情……这整个房间都是铜墙铁壁啊。

“是，是有人……在上面？”

沈时煜见怪不怪，十分淡定地说：“嗯，追杀我的人。”

追杀？

尹言第一次遇到这种只在钟傲天嘴里听到的事情，既有点紧张，又有点小兴奋。

“原来飞檐走壁的功夫真的存在啊……”尹言兀自感叹着。

突然，像是要把门砸碎一般，一道劲风劈头盖脸地刮了进来，尹言下意识地侧身躲过，还未来得及出手，一道劲掌又挥了过来，看来对方不止一个人。

拳头像暴风骤雨般打向尹言，一招一式都带着狠绝。

交手数十招后，她开始力不从心，使出最后的力气抵挡对方一拳之后，却瞥见沈时煜正气定神闲、悠然自得地坐在沙发上喝茶，甚至连眼皮都不曾抬一下。

“你倒是叫帮手啊！”

沈时煜听到尹言的怒吼，这才懒懒地抬起头说道：“你不是我的私人保镖吗，这点小事情都搞不定？”

她没想到对方这么来势汹汹啊……

“快叫小圆，快把小圆叫来啊。”

沉默片刻，沈时煜悠悠道：“小圆啊，他出场费太贵了。”

苍天啊，来个雷劈死他吧。

尹言怒急攻心，只觉得胸口的火焰正熊熊燃烧，也许是化悲愤为力量，眼前的两人好像突然变成了讨厌的沈时煜，一时之间她竟将对方节节逼退，直到退到门外。

只听“咔嚓”一声，门框上方滑下一块足以和防弹玻璃匹敌的铁门，整个屋子震了震，四周随即恢复安静。

“你看，你成功了。”沈时煜说道。

尹言气喘吁吁，已经说不出任何话来。

直到这时，她才终于明白沈时煜说的“打杂”的含义，既要打杂，也要打“杂”。

见她这副模样，沈时煜冷笑道：“既然接受了任务，就要有豁出性命的准备，这点，你入职受训时没有学过吗？”

“……”

“你知道要追杀我的人是什么来历吗？”沈时煜无神的双眸划过一丝狠厉，“你连这点觉悟都没有，也配来保护我？”

第二章

需要花钱的事，一概不做

四周的空气渐渐冷凝，沈时煜的话犹如当头棒喝，重重击在尹言的胸口。

尹言想冲沈时煜发怒，质问他为什么袖手旁观……可是自己又凭什么让他救自己？

她以为小说里和电视里才有的情节不会出现在现实中……一直抱着自欺欺人的态度，把一切都想得太简单……

入了这一行，就意味着，生与死不过一瞬间。

时间悄悄地流过，也不知过了多久，沈时煜听到站立在一旁的尹言糯糯的声音："沈掌门，我想……我知道该怎么做了。"

沈时煜不言，自始至终神情漠然。

一抹淡淡的清香自鼻间掠过，只见尹言径直在加软垫的红木沙发上和衣躺下。

沈时煜的脸色黑了黑。

"沈掌门，听君一席话，胜读十年书。"沙发上的尹言换了个舒服姿势，诚恳道，"既然你是我的保护对象，即使豁出性命，我也要完成我的职责。我不会再让你失望的，我会谨记我的服务宗旨。”

“……”

见沈时煜始终不说话，尹言小心翼翼地问：“那么，现在可以睡觉了吗？”

“你还真是不见棺材不掉泪！”沈时煜剑眉微蹙，“像今天这样的刺杀隔三岔五就要来一次……”

“我一定会让自己变成一个没有感情的杀手终结者。”尹言打断沈时煜的话，只觉得困意如潮，上一秒还大放厥词，下一秒便进入了深沉的睡眠，随即整个房间只听得见她平稳的呼吸声。

昏暗的灯光下，沈时煜轻微叹了口气，打开柜子取出毛毯。

沙发那头传来窸窸窣窣的声音，睡得正酣的尹言似乎梦到了什么，双手握成拳头，嘴里嘟囔着什么，声音细微，却还是被正在盖毛毯的他听到——

“沈时煜……我不会让他们伤害你……”

沈时煜顿了顿，冷峻的脸微沉，嘴角勾起一抹嘲讽的笑：“不自量力！”

尹言睁开睡意蒙眬的双眼，又被一张放大的圆脸吓得赶紧闭上。

“你是要吓死我好继承我的私房钱吗？”

一时间睡意全无，尹言大幅度地伸了个懒腰，边打着哈欠，边坐了起来，却发现小圆一脸嫌弃地斜眼看她。

“师叔要我来消毒。”小圆将手里的 84 消毒液扬了扬。

“干吗？”

“他说你太邋遢，昨晚不洗漱就睡在这里。”

“什么？”尹言大惊失色，“你说我睡在沈……”

这要是传出去，那我的名节……

小圆丢给她一个鄙视的眼神：“你长得这么和谐，要担心也是担心师叔的名节。”

见尹言一副失落的样子，小圆觉得自己可能说得太过了。毕竟学武之人以慈悲为怀，于是他安慰她道：“放心，你这么有男人味，要不我们做同门师兄弟，一起孝敬师叔？”

暴走的尹言在沈时煜的浴室里洗漱完毕再让小圆消毒完后，威胁着小圆不要告诉沈时煜一番后，才清清爽爽地走出了房门。

盛夏的清晨，烈日已经高挂。

整个疾风馆弥漫着花草树木独特的香气，纯净得让人心旷神怡。

然而占据着她广阔视野的，是沈时煜、李存离和老师父三人闭眼打坐的画面。

四周一片悠闲的安静，她想这就是所谓的修身养性之道吧。于是，在这气氛的渲染下，她也跟着坐了下来。

日光透过参差交错的树叶缝隙投下的斑驳光影在沈时煜冷

峻的脸上跳跃，此刻的他恢复了本来的面貌，露出小麦色的健康皮肤，轮廓分明而深邃，鼻梁挺拔，虽是闭着双眼，但眉宇之间乃至全身都散发着生人勿近的冷冽气息。

真是祸害啊。

沈时煜明澈的双眸微微睁开，映入眼帘的是尹言憨态呆滞的脸，他又迅速闭上眼，像什么也没有发生过。

尹言：“……”

“谢谢你成功地赶走了我的瞌睡。”沈时煜闭着眼，慢条斯理道。

尹言：“我知道了！”

突然，一旁的李存离双目圆睁，左手握拳敲在右手手心，提议道：“要不今天我们表演二人转？”

老师父睁开混浊的双眼，摇摇头：“你能不能不要那么过时啊？”

“那……扭秧歌？”

老师父吐出一口浊气：“我们今天表演‘社会摇’，一定能赚翻。”

……

敢情这几个人，一个在打瞌睡，另外两个在思考怎么赚钱？

你们不是习武之人吗？有点职业道德好吗？

尹言在一旁无语地看着他们。

某一日。

一行人浩浩荡荡地下山卖艺，老师父因为要看守武馆，所以没有前来。

路上，李存离和小圆在身后为表演什么而喋喋不休地争论。

身侧的沈时煜双手交叉揣在宽松的道袍袖子里，脸上贴着那张瘆人的面具，只是，原本贴在左侧眉峰上的痦子换到了右边，美其名曰避免不必要的麻烦。

“沈掌门，我有一个问题……不知当问不当问。”尹言搓搓手。

“不当。”沈时煜果断且冷漠地拒绝。

尹言怎么可能是轻言放弃的人呢，于是她不在意地指着横幅继续说：“这上面的广告词是你想出来的？”

她不过是想知道沈时煜有多变态罢了。

沈时煜淡淡地睨了尹言一眼，缓缓道：“不，是老师父。”

尹言一时语塞，这反差也实在太大了……

“那贴膜和算命你都会？”她不死心地继续追问。

“这年头不是都靠脸吃饭？”沈时煜反问。

沈掌门你的审美是不是有问题？你什么都不会你还好意思出来摆摊？

当然，这些她只能在心里偷偷说。

“可你不是很有钱吗？”

沈时煜思忖片刻，瞥了瞥身后的两人，压低了声音道：“不装作有钱的样子在疾风馆很难混下去。”

尹言边走边感叹，这到底是有多无耻，才造就了今天的沈时煜啊。

“那你告诉我，不怕……”

沈时煜挑了挑眉，示意她叽叽喳喳问个不停太烦人，不知不觉中便走到了石桥桥头。

桥中央那个男人一身黑衣黑裤黑靴，衬着本就白皙的皮肤更显白。他的身高将近一米九，长相俊美，不属于纯男性的阳刚，反而是偏柔般的好看。他那张俊美异常的脸上却有一双细长的桃花眼，轻佻而散漫，举手投足显得痞里痞气，正一脸微笑地看着他们。

“你们可真是慢啊，还贴不贴膜了？”

那人一副与他们很是熟识的样子。

尹言侧头看向沈时煜，却见他紧抿着唇，面无表情地看着对方，无神的死鱼眼毫无波澜。

“师叔不喜欢仰视别人啦！”讲解员小圆再次提醒。

她恍然大悟，这是在嫉妒人家比他高啊。

“你认识这位帅哥？”

“枉你是龙威镖局的保镖。”走过去的途中，沈时煜冷漠地开口，依旧是那副什么都激不起兴趣的样子。

尹言不由得微蹙眉头，心想，沈时煜又想嘲讽自己吗？

那个男人看向尹言，还对她抛了个媚眼，唇边的笑更显轻佻，她忙收回了视线。

尹言将桌板和横幅，还有一张提供给顾客坐的小凳子快速地摆好。

那个男人自顾自地先坐下，拿出自己的手机递给沈时煜。

手机屏幕光滑干净，跟新拆封的没有任何区别。

“我要贴膜。”男人吊儿郎当地看了一眼沈时煜，“还要……算命。”

男人虽是在笑，可尹言一点也察觉不到男人眼中的笑意。因为职业的缘故，她立刻就能感觉到对方很不一般。

此时的小圆和李存离一副事不关己的模样，竟在一旁玩起了手机。

尹言翻了翻白眼，她慢慢向沈时煜身侧靠拢，以防意外。

“好啊，两样都要的话，价格翻倍。”沈时煜神情淡漠，缓缓伸出两根修长的手指。

“啪”的一声，男人将厚厚一沓钞票甩在桌上，霎时吸引了一旁三人的全部心神。

“贴得好，算得准，还另外有赏。”男人笑眯眯地说道。

于是，沈时煜好整以暇地在桌上随便挑了一张手机膜，低头摆弄着。

一时间整个氛围有些说不出来的诡异，空气中含着无形的风起云涌。

“不用算我也能感知到……”贴膜的间隙，沈时煜头也不抬，沉声道，“你此刻心中很烦闷。”

“哦？”男人注视着他的动作，嘴角勾笑，“我很开心啊。”

沈时煜不以为然，轻轻瞥了他一眼，话语里充满嘲讽：“这么热的天，你一身黑，还穿着长靴，是嫌不够热，还是嫌脚气不够臭？”

果然是沈时煜啊，一番话能把人噎死。尹言强忍着不让自己笑出声。

男人扑哧一笑，一双桃花眼露出几分无奈：“没办法，我莫靖垣出门执行任务，必须要穿集团统一发的标配服装，这样才能提高集团的知名度啊。”

“执行任务？集团？”尹言讶异，心里升起不祥的预感。

“嗯！”莫靖垣冲她微笑点头，指着沈时煜道，“我是来杀他的。”

“……”

尹言震惊了，这年头还有这样自报家门的？

这沈时煜到底什么背景什么来历，值得这些人一个个争先恐后、前赴后继地追杀？

“嗯，我知道。”沈时煜丝毫不显意外，一副习以为常的样子，“你是杀手组织排行第一的荣耀集团的，他们终于不再派小喽啰来了。”

杀手组织排行第一……

尹言默念着沈时煜的话，不由得心中一凛，额角瞬间渗出细细的冷汗。

她快步上前一把将沈时煜扯到身后，全身肌肉紧绷，进入警备状态。

沈时煜微微错愕，皱眉抚平被拉皱的袖子，站在尹言身后冷眼旁观。

“沈掌门岂是你想杀就能杀的！”尹言看着嬉皮笑脸的莫靖垣，严肃道。

“杀人……还要挑日子？”莫靖垣一只手枕着桌子，另一只手托腮漫不经心道，“想不到堂堂沈大少爷要一个女人来保护，这要是让他们知道了，你说会不会上新闻头条？”

“少废话，要杀他就先打过我！”

尹言虽然心里无比紧张，对方来头高深莫测未必打得过他，但气势上还是不能输的。

莫靖垣漂亮的唇瓣扬起散漫的笑容：“啧啧啧，我有点不忍心，沈大少爷太不懂得怜香惜玉了。”

然而，面对莫靖垣一而再再而三地冷嘲热讽，沈掌门怎么能让人失望呢？于是，一直站在尹言身后的他，薄唇轻启，慢慢说道：“毕竟，有钱可以为所欲为。因为我有钱，各种各样的保镖我都请得起，你有钱你也可以雇人，你有吗？你这个穷鬼！”

尹言简直有一种想要挥旗喝彩的冲动，在心里给沈时煜狂

打 Call。

莫靖垣脸上的笑容渐渐消失，他的嘴角抽了抽，心想，沈时煜怎么不按常理出牌？

他稳了稳心神，随即又挂上一抹不正经的笑，说道：“可是能请得起我的，也不是一般人啊。”

“嗯，能理解。”沈时煜云淡风轻道，“不是特别有钱的肯定请不动你，但很明显，你一定很久没出过任务，与外界都脱节了。”

莫靖垣的笑颜崩塌，桃花眼里尽是杀意：“你拐弯抹角到底想说什么？”

“我的意思是……”沈时煜一双死鱼眼凝视着他，语气极其认真，“现在是法制社会，你在大马路上喊打喊杀，我会报警的。”

尹言热泪盈眶，抬头看天。

语不惊人死不休这句话，简直就是形容沈时煜的。

莫靖垣此刻脸色铁青，完全没了方才的轻佻散漫，浑身充满杀气。

“喂，110 吗……”沈时煜缓缓拿出他的专属老年机，淡漠地扫了莫靖垣一眼。

谁来告诉莫靖垣这沈时煜到底是不是怪物变的？

就在莫靖垣错愕时，尹言以迅雷不及掩耳之势越过他的肩膀上方，拽住他的脖颈，快狠准地来了个漂亮的过肩摔。

“别小看女人！”尹言膝盖顶住莫靖垣的胸膛，丝毫不给他还手的余地，说完还使出一招绝杀——铁头功，那厮白眼一翻，晕了过去。

待确定莫靖垣晕了后，她这才潇洒地起身，邀功似的看向沈时煜，似乎在说：看吧，我还是很有潜力的。

“啪啪啪……”

小圆和李存离看得目瞪口呆，却不忘鼓掌祝贺。

“沈掌门，为了进一步加强防范措施，可以告诉我他们为什么要追杀你吗？”

“可以不说吗？”

尹言跺脚：“你不说我不好拟订安全方案呀！”

沈时煜眼眸沉了沉：“大概……可能……”

“嗯？”她屏息敛声，耐心地等待下文。

“也许是因为我有皇位要继承吧。”他语气淡淡的，听不出任何情绪。

得了，和沈时煜沟通，不仅需要强大的内心，还要有足够的耐心。

“那他怎么办？”尹言指着在地上“挺尸”的莫靖垣问。

“与我无关。”沈时煜面无表情道。

可是，将他丢在这里不太好吧！

尹言看到来来往往的行人冲着他们指指点点，有种过意不去的感觉。

“等等，”沈时煜拿起桌上莫靖垣的手机，随意地翻了翻，“将他带到疾风馆吧。”

尹言讶异道：“这不是给他制造更好的杀你的机会吗？”

沈时煜悠悠地看了她一眼：“听说你有6位数的奖金？”

“好的，没问题！有我在，他不会近你分毫！”

那么……谁来将莫靖垣运到山顶的疾风馆呢？

显然，大家同时想到了这个问题。

尹言看着小圆，小圆望天。

尹言看着李存离，李存离也望天。

尹言看向沈时煜，那厮一副与我无关的样子。

最后，她双手发抖地从裤兜里掏出两张皱巴巴的钞票，抚平再抚平，依依不舍地递给了李存离，带着哭腔说道："拿去……请一个有推车的挑夫吧。”

她说完就别过头去，不忍再看那陪伴了她一路的私房钱，怕眼泪控制不住掉下来。

她心中一声叹息，有钱真的可以为所欲为。

月黑风高。

呼呼的风在阴冷幽暗的森林中穿过。

疾风馆杂物间内。

莫靖垣捂着额头清醒过来，入眼便是面无表情的沈时煜。

“我就知道堂堂沈大少爷怎么可能是那副‘辣眼睛’的长

相。”莫靖垣轻佻地扬起笑容，环顾四周。

“How are you?（你好吗？）”沈时煜没头没脑地来了一句英语。

莫靖垣一愣，下意识地回道：“I'm fine, thank you.（我很好，谢谢。）”

见沈时煜一脸厌恶的表情不说话，莫靖垣总感觉自己少说了句什么，想了半天，于是，试探性地继续道：“And you?（你呢？）”

沈时煜微微皱眉，似乎是忍无可忍了：“老爷子发明的暗语太恶心了。”

“你怎么知道？”莫靖垣的桃花眼大睁，满脸惊讶。

“你只差没在脸上写‘你是卧底’了。”沈时煜将手机扔给他，恢复了淡淡的神色。

莫靖垣接过手机，感叹自己真是跟世界脱节太久了。这年头除了自己，还有谁会把“我是卧底”外加几行特殊的符号设置成手机屏保？不过是他记性不好，怕忘了而已。

“你现在完全融入了市井之中嘛，做这些事真是得心应手。”莫靖垣扬了扬手机，慢条斯理道，“集团暗部的顶级高手全部出动了。”

“所以？”

“所以你觉得你身边的几个歪瓜裂枣扛得住？”莫靖垣看见沈时煜一副天塌下来都不为所动的模样，不禁十分好奇。

闻言，沈时煜脑海中一一闪过莫靖垣口中所说的几个“歪瓜裂枣”，不着痕迹地皱了皱眉：“不然老爷子派你来做什么？装完酷就走？”

莫靖垣被沈时煜的话呛到，尴尬地咳了咳：“我好歹也是荣耀集团的太子爷，总要给我点面子嘛。”

沈时煜毫不留情地嘲讽道：“太子爷？在暗部眼里，你算哪块小饼干？”

“放心。”莫靖垣不以为然，轻佻地笑道，“沈老先生救过我一命，这个人情，就靠这次回报了。”说着，他收起笑脸，正色道，“我们要尽快找到那个东西，你应该清楚，他时日无多了。”

黑暗中，沈时煜的黑眸幽深，深不见底。

沉默片刻，沈时煜悠悠地开口：“有钱吗？住宿一晚五百块。”

莫靖垣呆住了：“你这是在打劫。”

沈时煜不以为然：“堂堂太子爷还差这么点小钱？”

莫靖垣虽说不差这点小钱，但总有种被坑的感觉，于是，他试探性地询问：“那我睡哪里？”

沈时煜头也不回地向门口走去：“这里。”

沈时煜从杂物间出来，便见尹言一脸担忧地围着他上下左右前后地打量。

“沈掌门，你没事吧？要不要我进去……”她比了个抹脖子的动作。

沈时煜见尹言围着自己团团转，微微垂眸：“他说，你是歪瓜裂枣。”

尹言有点蒙，怎么还上升到人身攻击了？

于是，谁也没再说话。

静谧的深夜有一种不一样的声音，似乎是微风的动静，反而更衬出宁静的气息。

昏黄的灯光照耀着院中的一小块地方，沈时煜背手而立，眉宇之间隐约透露些许疲倦。

“你说，太有钱了，会不会是一种负担？”

尹言看着沈时煜颀长的背影微微出神，许久才听到沈时煜清冷的声音。

“这个……怎么会是负担呢？”尹言回过神说，“你怕是不知道没钱是什么样子吧？”

“那没钱是什么样子？”

“就是买不起喜欢的东西、吃不起想吃的，总是为了想买又舍不得纠结好久……哎呀，你不懂啦。”

沈时煜微微侧目，看着尹言一脸纠结的表情，不耐烦地说：“好了，我知道了，穷不打紧，千万不要丑。”

尹言：“……”

“接下来，更厉害的对手来了。”沈时煜话题一转。

“哼，怎样个厉害法？”

“一招让你血溅当场的那种。”

尹言的小心脏缩了缩，随即迟疑地看向沈时煜，说道：“你在夸大其词吧……”

话音未落，就听到一声巨大的“砰”响，尹言身后一棵高大粗壮的槐树树干中央赫然出现了一个又大又圆的黑洞，洞口正冒着浓浓的黑烟。

沈时煜收回左手，好整以暇地欣赏着那个黑洞。

尹言动了动嘴唇：“这……就是传说中的……隔山打牛？”

“我在夸大其词吗？”沈时煜支着下巴面无表情道。

“不不不，一点也不。”

世界之大无奇不有。

天真可爱的小圆武艺超群，变态的沈时煜居然会隔山打牛……不经意间她离武侠世界越来越近了，接下来还会不会看到降龙十八掌之类的？

“所以，你还是趁早离……”

沈时煜的话还没说完，只见尹言目光炯炯地看向他，满脸的兴奋夹着希冀：“不可能！崇尚武学的我，即便当场死掉，只要是能见识到这些真实存在的武功，就死而无憾！”

她说着，有一种要养好精神大杀四方的决心一般，风风火火地走进了沈时煜的房间。

一片树叶在空中旋转着轻轻落在地面，除了蛐蛐儿叫得正欢，四周一片祥和。

“是谁说尹言会知难而退？”沈时煜对着隐在黑暗处还在冒着烟的树干方向冷冷道。

“我哪知道尹施主她这么man，一点也没有女人的觉悟。”树干后，正举着切割机的李存离伸出半个头来，撇着嘴委屈道。

“我早就说了，不要把她当女人来看，你们要换个思维方式。”黑洞后面肉肉的小脸上尽是黑灰的小圆探头说道。

沈时煜静默了好一会儿才开口：“不把她当女人的话，应该怎么劝退？”

“劝退干什么呀，有个免费的保镖帮尹言挡刀挡枪还不好？”李存离不解地问。

“不，我今天被莫靖垣的话伤了自尊心，我堂堂沈大少爷要一个女的保护……”

李存离和小圆同时在心里鄙视道：你的自尊心早就喂狗了！

“你把尹施主想象成一个男的不就好了吗？”李存离白了沈时煜一眼。

沈时煜没有说话。

“那么，只剩最后一招了……”李存离咳了咳，一副神秘莫测的样子，“自古以来，爱美之心，人皆有之……”

沈时煜打断了李存离的话，问道：“这是叫我出卖色相？”

“不不不，怎么能让你做那种事呢。”李存离忙摆手，“你就少贴那‘辣眼睛’的面具就行了。”

“我这样……会不会很残忍？”沈时煜思考一番后，挑眉道。

李存离忍不住又翻了个白眼，腹诽：您老知道“残忍”两个字怎么写吗？

可他实际说出来的话是：“怎么会呢？那是尹施主不知好歹，死皮赖脸地要留在这里，你只是不忍看到杀生而已。再说了，你也是不想让更多人知道这件事嘛。”

“那我要如何做？”

于是，三个人头凑到一起开始策划着什么。

良久，沈时煜抬起头，脸上看不出任何情绪，然而一旁的李存离和小圆都知道，这是他不高兴的表情。

“需要花钱的事一概不做。”沈时煜冷冷道。

这简直是“钢铁直男”啊！李存离不禁为沈时煜以后的对象担忧。

得，谈崩了。

翌日。

当尹言看到李存离和小圆鬼鬼祟祟地躲在廊柱后时，她就知道事情不简单。

“说吧，什么情况？”尹言走过去直接问道。

“有一件非常严重的事情要跟你讲。”

李存离见自己被发现了，摆出一副事态严重的样子，神情非常严肃认真。

尹言也不由得跟着紧张起来：“怎……怎么了？”

“如果……这几天师兄有什么反常的地方，请你一定要控制你自己。”

尹言听得一头雾水。

李存离舔了舔嘴唇，意识到自己表述得不对，继续道：“就是……师兄如果做了什么不像他做的事，你一定不要陷进去，不然……”

不像他做的事？

尹言分析着李存离的话，脑海里浮现出沈时煜毫无表情的脸、无神的死鱼眼、跩得跟二五八万的样子，再联想到完全相反的另一个他……

尹言浑身哆嗦，汗毛直竖，鸡皮疙瘩掉了一地，忍不住打了一个寒战，想想都恶心得要吐了。

“一大早非要恶心我吗？”尹言白了李存离一眼。

“反正我话已经说到这里了，祝你好运。”

下一刻，在看到不远处正迎面走来的沈时煜时，李存离和小圆两人逃也似的不见人影。

尹言丈二和尚摸不着头脑，见沈时煜走近了，便凑上前问道：“沈掌门，今天我们要下山吗？”

然而，在看到沈时煜从背后抽出一把不知名的花递给她，明明想扯出个微笑，却僵在半空的嘴角时，她多少有些明白李存离的话了，简直……太惊悚了。

不等尹言伸手接过，沈时煜一把将手里的花丢给她，仿佛这是个烫手的芋头。

“我觉得，这花挺配你的。”

这年头送个花，表情这么苦大深仇的吗？

待尹言看清手里东倒西歪的花束，一股热泪盈满眼眶——白色的菊花。

果然不能指望沈时煜有什么正常人的行为，真怀疑以后她长眠了，他送的会不会是玫瑰花。

“沈掌门，你有什么看我不顺眼的地方尽管提出来，我一定改。”

沈时煜骤然恢复冷漠疏离的表情：“你……不喜欢？”

这一刻他意识到，真的不能将眼前这个满脸莫名的“女人”归类为女人。

他在网上搜索有什么不花钱又能让女人言听计从的方法，前一百页的内容都告诉他——送花，保证对方又激动又感动。

然而，这个方法显然对尹言没有用。

“呵呵……沈掌门你真是太幽默了。”尹言窘道，“需要我做什么直接开口吧，不需要送花的。”

沈时煜心里没来由地对自己有些无语，没想到有一天自己竟然会做这种无聊的事。他顿了顿，沉声道："走吧，我们去挖井。"

这个枯井坐落在疾风馆的后山上，周围是一片深草，被山风吹得沙沙作响。井口由不规则的青石堆砌而成，一眼望去，说不出的骇人。

尹言探头往井里望去，一股略带腥味的泥土气息扑面而来，枯井不深，一眼就能看到底。井里除了枯枝落叶，什么也没有。

"这是？"尹言问道。

"挖井！"沈时煜立马回答。

尹言忍不住翻了个白眼。

这里哪有可以挖井的工具？谁来挖？

沈时煜扫了尹言一眼，似乎看穿了她的疑惑，见她没反应，便一直盯着她。

尹言这才慢吞吞地明白过来，不可置信地伸出食指指向自己，问道："你的意思……是我来挖？"

沈时煜微微颔首，淡然道："你不是我的私人保镖吗，万一我下去碰到什么意外怎么办？"

本着顾客是上帝的宗旨，虽然他这样说没错，但是尹言还是忍不住挣扎一番，说道："自然是我下去的……但是，你可以先告诉我，要挖什么吗？我好有心理准备。"

"不知道！"

“……”

“我也想知道要挖什么。”沈时煜神色有些凝重，“你觉得井里会有什么？”

井里会有什么？

尹言脑补着电视剧中的情景，心中一惊，说道：“不会是杀人越货吧？”

偏远的山林、神秘的武馆、变态的沈时煜……这些完全可以让她联想到这其中也许隐藏着某个不可告人的秘密。

沈时煜不得不佩服尹言脑洞清奇，他默不作声，却见尹言二话不说翻身抓住井壁，缓缓而下。

因年久干涸，井壁凸起的石头令尹言得以方便落脚。石缝里夹杂着不少野花野草，倒也方便人拉拽。尹言不知道往下爬了多久，直到感觉到脚板触及平滑地面，这才发现已经到了井底。

“有什么可以照明的东西吗？”尹言大声问道。

虽然头顶投来些许微光，但里面的人着实什么也看不清。

“咚——”

一个不明物体砸了下来，尹言抬头看了一眼正俯身往下看的沈时煜后，将掉落下来的物体捡了起来。

是沈时煜的老年手机。

我谢谢您嘞！我需要的是照明的工具，不是这破铜烂铁。

真是让人无力吐槽。

“将手机的手电筒模式打开。”

头上传来沈时煜冷冷的声音。

尹言照做后，头顶又传来簌簌的声音，沈时煜也下来了。

所幸井底宽敞，两个人并排站着还绰绰有余。

“接下来怎么做？”尹言一边问，一边用双手摸索井壁，寻找可疑的按钮。

小说里，一般这种情况下无意中按下按钮，就会出现别有洞天的密室之类的地方。

借着手机的亮光，沈时煜四下环顾，最后目光在一处干净的石块上停住。

“在这里！”

“哪里，哪里？”尹言兴奋不已，循着他的视线望去。

只见那石块下压着一块破布，上面七扭八扭地写了几个大字——你快按我呀，有缘人。

……

第三章 有钱人的世界真难懂啊

尹言一时还不能接受这样的神转折，瞳孔陡然放大，嘴巴无力地开合。

这世界上五花八门的各类奇葩何其多！

这边尹言还在感慨，那边沈时煜迟疑片刻，伸手就要去按按钮。

“等等！”尹言急道，“不可能这么容易啊，可能有诈……”

她话还没说完，只见沈时煜快狠准地按下了按钮。

伴随着震耳欲聋的声响，眼前的石壁缓缓打开，出现了一扇仅够一人而过的石拱门。

尹言目瞪口呆地看着沈时煜走进去，咽了咽口水，也跟着上前。

石壁后是一个石室，里面空荡荡的，什么也没有，散发着潮湿的气味，侧耳倾听，还有轻微的流水声。

沈时煜显然没有料到这密室会是这个样子，神情有一瞬间的错愕，但又马上恢复原样。

他骨节分明的手指在青苔遍布的石壁上敲着，神情冰冷，仿佛要将这石壁看穿，却始终看不出所以然来。

沈时煜微微侧目看向正举着手机，趴在凹凸不平长满苔藓的石板上，四处搜寻痕迹的尹言，她表情千变万化，时而沉思、时而严肃、时而皱眉……这是她认真做事的态度，有一种让旁人都被感染的吸引力。

他觉得心里有什么动了动，忙偏过头掩饰性地在石壁上继续摸索。

“不应该呀！”尹言嘟囔着，“这里好像就是一个密封的密室。”

虽然石壁上滑腻的苔藓泛着恶心的味道，但她还是不死心，不放过任何一处可疑的裂缝和凸起的石块。

“哈哈，我就说嘛，天无绝人之路……”

寂静的密室里突然传来尹言喜不自胜的声音。她伏在地上，将那个圆圆的按钮按了下去，等待着另一扇门开启，没想到“咔嚓”一声，先前打开的那扇石门突然关上了。

啥，关上了？那么再按一下应该就开了吧？

尹言哆嗦着的手已经不知道按了多少回，整个石门还是纹丝不动。

尹言呆滞地看了看自己那只罪恶的右手，欲哭无泪，现在这儿成了名副其实的密室了。

“这个，它又没有贴说明书……”

她底气不足，越说越小声。

沈时煜简直太无语了。

空气中弥漫着一种可怕的安静，只有平稳的呼吸声和隐隐约约的流水声。

“不是还有手机吗？”尹言欣喜若狂地将手机递给沈时煜，示意他快打电话求助。

沈时煜面无表情地接过，许久才漠然地开口：“我这老年机什么都好，什么功能都有，就是不能……打电话。”

“……”

还能再坑一点吗？

这下唯一的希望也没有了，尹言颓然地跌坐在地上，一脸的生无可恋。

沈时煜自始至终站在那儿一动不动，仿若一座雕像。

这种丧气感没有持续太久，尹言自我调节一番，挣扎着站了起来，更加卖力地在石壁上和石板上四下摸索，直到浑身上下沾满了绿茸茸的青苔，还是什么发现也没有，这才罢休。

“有用吗？”沈时煜侧头问道。

尹言拍掉身上的青苔，撇撇嘴：“真是不努力就不知道什么叫绝望。”

沈时煜抬头看到她尽管浑身脏兮兮，看不出原本的眉清目秀，但是那双明亮的眼睛仍不放弃地四处张望，一点也没有退缩的意向，反倒越挫越勇。

沈时煜轻轻叹了口气，低声道：“恭喜你通过了考验。”

尹言没听懂他在说什么。

沈时煜缓缓转身，露出身后挂在石壁上的又一块小破布，上面依旧是七扭八扭的字体——

按我有惊喜哦。

……

尹言踉跄了数步，一口老血哽在喉咙。

这到底是哪个变态设计的这个密室。

按照第一块布的提示，她就应该想到，不能以正常人的思维去联想机关在哪儿。

此刻她更觉得憋屈，小声说道：“沈掌门，耍人好玩吗？”

听到她略带哽咽的声音，沈时煜愣了愣：“我……”

“你不就是想让我知难而退，放弃这单任务吗？”尹言把袖子按在眼角，吸干还未滴落的眼泪，语气中充满了不屑，“哼！除非你给我磕头认错，否则想都别想。”

沈时煜转身按下破布背后的按钮。

正前方的石壁缩回一旁，眼前赫然出现一道蜿蜒而上的阶梯。

从阶梯的陈旧程度来看，年代并不久远，因为扶手上的红漆还没有风化。

尹言揉了揉略微发涩的双眼，经过沈时煜身侧时，重重地哼了一声，以表不满。

台阶并不长，一会儿就走完了。阶梯尽头是一扇木门，门上贴着各缺了下联的两副对联。

“写出下联后，大喊一声‘芝麻开门’，即可进入下一关。”

尹言照着对联旁边的说明读出来，心想，敢情这还是个声控闯关游戏？待她看清上联后，一头撞在门框上，墙灰唰唰唰地掉落。

沈时煜面不改色地看着，只是嘴角微微抽搐。

第一副上联：

体胖就该勤锻炼

第二副上联：

买个包，包管百病

……

不得不承认，这出题的人脑回路还蛮特别的。

尹言一边绞尽脑汁地想着下联，一边暗暗观察沈时煜，能和出题人脑回路匹配的，放眼这个世界，就只有他了。

“你知道走下去意味着什么吗？”沈时煜看着尹言，语气冷若冰霜。

尹言诚实地摇了摇头，却无比坚定地说道：“我只知道这是我第一次接受这么大的任务，不管前路是什么样，我都不会轻易退缩。”

“……”

“沈掌门，这将是我职业生涯中的第一个里程碑，你不会理解这对我有多么重要。”

沈时煜嗤之以鼻，凝视着她一字一句地说：“天真！收起你那不切实际的英雄梦！没有命，哪来的里程碑。”

沈时煜脑海中浮现出那个倒在血泊中的人，那双明眸，那张明媚的脸，心脏微抽，苦不堪言。

尹言没注意到沈时煜身上的微妙情感变化，眼珠一转，不怒反笑道：“沈掌门，你该不会是在担心我吧？”

沈时煜冷冷转过头，不再言语，握住门上用绳子拴住的笔，一气呵成、龙飞凤舞地写出了对联。

第一副：

体胖就该勤锻炼

人丑更应多读书

第二副：

买个包，包管百病

搬块砖，砖治不服

果然，沈时煜就是沈时煜，对对联也能这么清奇，这么与众不同，让人叹为观止，尹言不禁为他鼓掌狂欢。

木门纹丝不动，似乎漏掉了什么环节，尹言见状，扯着嗓子大喊一声“芝麻开门”。

木门应声缓缓而开，一道强烈的光束刺激着眼睛。

尹言叫住正要跨步向前的沈时煜，轻声道：“沈掌门，你放心，我绝不给你添麻烦。”

尹言说罢，不等他有任何回应，绕过他，径直向门那边走去。

长时间处在昏暗处的双眼逐渐适应了这道光束，进入广阔视野的，是正在做俯卧撑的莫靖垣！

只见他的动作停在半空，呆滞地看着从木门后走进来的两人，问道："你们……"

"怎么会是你？"尹言惊呆了。

这扇木门只是被巨大的竹床遮掩着，谁也没想到这竹床后竟别有洞天。

沈时煜将那副对联取下来，把两块布的反面拼在一起，竟然可以凑成一段完整的话：

××××年×月×日，密室大冒险工程完成到第三步，已经没有任何余钱再进行下去，无奈只能停工。希望后人发现此密室，将这个惊奇的冒险游戏大项目发展下去，一定稳赚不赔。

爱你们的周老板

沈时煜的指关节攥出"咯吱咯吱"的声音，他面无表情地将布条揉成一团随意地扔在地上，甚至在布条上留下几个深深的脚印，推门而去。

莫靖垣和尹言面面相觑，这是生气了？

此时的尹言蓬头垢面、一身青苔，浑身散发着难闻的味道。

莫靖垣捂着鼻子问："你被追杀了？"

尹言没有回答，而是一把抓住莫靖垣，凶狠地说："你不

是来杀沈时煜的，而是来……帮助他的。”

意识到她说的是肯定句，莫靖垣愣愣地点头。

“那你告诉我，沈时煜是不是杀人放火、无恶不作才被这么多人追杀？”

莫靖垣扑哧一笑，好看的眉挑起：“你出任务前，都不需要了解雇主的背景资料吗？”

只有一些写有沈时煜那些变态习惯的资料算不算？

尹言撇撇嘴，没有出声。

“那你知道福兰市沈氏集团吗？”

尹言一脸蒙。

“好吧。”莫靖垣挠挠头，“你只需要知道沈时煜是沈氏集团的人就行了。”

尹言似懂非懂地点点头，难道，这其中又掺杂着什么豪门恩怨？

真是太复杂了，有钱人的世界真难懂啊。自己还是老老实实完成任务，将沈时煜送到福兰市，得到相应的奖金，再出国度几天假……尹言这么想着，一扫之前的阴霾，心情顿时豁然开朗。

“昨天，真是对不住啊。”看着莫靖垣额头中央的微微肿起，她歉意道。

“按照霸道总裁小说的发展，”莫靖垣突然板起脸，“我是不是要来一句‘女人，你成功地引起了我的注意’？”

尹言抖了抖，双手交叉摩挲着手臂上的鸡皮疙瘩，只觉得浑身酸臭无比，忙挥手离开了杂物间。

只是她没有注意到，身后莫靖垣的桃花眼目光灼灼，好看的嘴角勾起意味深长的微笑。

尹言顾不上这一身难闻的味道，目前最重要的是找沈时煜借浴室。

刚才她试探性地想要偷偷摸摸溜进他的房间，却发现本该是门把手的地方不知道什么时候换成了三道高科技刷脸锁，密码锁和指纹锁已经被他淘汰了。

她想着，以沈时煜的变态程度和一系列怪癖的性格，如果不让她借用那个豪华的浴室，等下一定要敲晕他，将他的头狠狠地按在刷脸锁上，然后大摇大摆地走进去。

然而事情的发展往往就是这么狗血……

当她看见沈时煜抱着什么东西往后院走去，正大喜过望地要大踏步上前跟过去时，一个庞大的不明物体从天而降，稳稳地砸在地上，发出一声巨响，整个大地随之一震。

“哎呀！”尹言吓得惊叫一声。

那人挣扎着爬起来，随手抹了一把脸上的血，凶神恶煞地冲着停下脚步面无表情的沈时煜叫道：“沈时煜，我今天取你狗命。”

“我这里不养狗。”沈时煜不咸不淡道。

“哦，是吗……”那大汉愣了愣，正要转身，突然想起来哪里不对，“我说的是取你的狗命。”

“我真的没养狗。”还是那波澜不惊的语气，只是微挑的眉头透露出他此刻的不耐烦，“还有事吗？”

那大汉显然没有料到沈时煜如此沉着淡定，刚才嚣张的气焰消了不少，只得硬着头皮继续吼道：“那我换个说法，我今天要你的命。”

沈时煜半睁半闭的双眸此刻更显不耐烦：“一万够吗，不能再多了。”

躲在廊柱后等待时机顺便看好戏的尹言听到此话，满脑子问号。她蓦然想起，那句告诫自己的警示名言——不要将沈时煜当成正常人。

那大汉同她一样，也是满头问号，不明所以地看着沈时煜。

沈时煜见大汉一副痴傻的样子，便转身不再理会，走了两步，侧目道：“看够了吗？继续打‘杂’啊。”

“啊？哦！”尹言后知后觉才发现这话是对自己说的，她漠然地点头，从廊柱后站了出来，冲那大汉正色道，“我劝你还是打哪儿来回哪儿去！”

“哼！有人出五万，叫我来杀沈时煜，杀不了，剁根手指也能拿一万。”那大汉掏出随身携带的匕首，在空中来回比画着。

有那么一瞬，尹言差点笑出声。

显然，这句话严重地打击了沈时煜。

到底是从什么时候开始，他堂堂沈大少的命，这么不值钱了？

这让他很不高兴，不高兴的后果就是——

“哎哟！”

“沈时煜，你……”

第一个杀猪般的叫声，当然是那大汉的。

此时的他被不知道从哪儿冒出来的铁链拴住了，倒挂在高大的槐树上，像待宰的羔羊一般，动弹不得。

而第二个声音，想都不用想，自然是尹言的。

她看着鲜红的血液从脚背上涌出来，那上面插着的赫然是方才还在大汉手里的匕首。

钻心的疼痛让她两眼发黑，向后倒的那一刻，她已经在心里问候了沈时煜的全家一万遍。

沈时煜略一错愕，双手不假思索地接住快要倒地的尹言，还未开口，只见她痛得直哆嗦，咬牙切齿道：“沈掌门，虽然此刻我真的……想跳起来踹你一脚……但是，看在我替你挡刀的分上……请一定要答应我这个……微不足道的请求……”

沈时煜扶稳她摇摇欲坠的身子，微微颔首。

“请你让我在你的浴室里……洗个澡……”

“……”

疾风馆里条件简陋，没有消毒用品。

谁来拔刀的这个重任，落在了在场的四位男性加一位小朋友身上。

李存离和小圆皆表示，不想被尹言追杀，更何况这没有小费的活，他们从来不做。

而老师父则表示自己年纪大了，老眼昏花，他还不想尹言年纪轻轻就成了残疾。

于是，只剩下沈时煜和莫靖垣面面相觑。

“我没问题啊，我给自己都拔过不少明枪暗箭。”莫靖垣耸耸肩，向躺在沙发上正痛得难以忍受的尹言走去。

沈时煜靠在窗户旁一言不发，视线落在尹言脸上。他看到她紧皱的眉头下那双落满阳光的睫毛在微微颤抖，脸色有些苍白，嘴唇因失血过多毫无血色。

他不禁想起，白天在密室里，她固执而倔强的侧脸。

“我来吧。”他将莫靖垣拦下，淡淡道。

此话一出，众人皆是目瞪口呆的状态。

沈时煜微不可闻地叹了口气，看向众人，说道：“你们技术太菜，我晕血。”

“你这话自相矛盾啊。”莫靖垣不太明白他的意思，“你亲自来就不晕血？”

“我可以蒙着眼睛。”沈时煜面不改色道。

众人：“……”

“一个个磨磨叽叽像个娘们！”尹言开口说道。

她看着他们争论不休，半天也没讨论出结果。虽然太痛了，但是这点小伤，相比较她受训练时经受的骨折之类的伤，太小儿科了。

于是，她忍痛坐起来，果断地、视死如归地将刀拔了。

此时，疾风馆众人情不自禁地竖起了大拇指，皆是目瞪口呆的状态。

此刻，尹言在他们心中的形象再次升级。他们从未见过如此 Man 的女人……要不是有旁人在场，他们分分钟就要献上自己的膝盖。

莫靖垣捂着眼睛不忍直视，那一刻，他仿佛看到了施瓦辛格本尊。

沈时煜一双黑眸定定地凝视着尹言，那张脸上的神情却依旧平静无波。

尹言先将一只腿搭在浴缸边缘，然后靠在墙壁上勉强支撑起身体。

穿衣服时，她尽量放轻动作，避免碰到伤口。

尹言一瘸一拐地打开浴室门，便看到沈时煜拿着医药箱从外面进来。

沈时煜淡淡瞟了她一眼，简单的白色 T 恤加直筒的束腿迷彩裤，头发简单地扎了个马尾。她有一双大而明亮的眼，眉毛不够柔和，反而带着一抹英气，并不是很惊艳的类型，却给人一种很舒服的感觉。见她正看向他手里的箱子，他抿了抿唇，淡淡收回视线，向沙发那边走去。

“那个大汉你们怎么处置的啊？”尹言问。

她抓住沙发靠背做支撑点缓缓移向沙发，疼得龇牙咧嘴地坐下。

空气中有淡淡的柑橘清香，那是小圆给她置办的沐浴露香味。

还别说，别看小圆年纪小，心思却玲珑剔透，格外体贴。只是，在这里享受到的生活方面的便利，都是要付钱的。

“后山的土那么多，够埋一个人了。”沈时煜将碘伏瓶子打开，面不改色道。

尹言震惊了。

沈时煜见她呆愣的模样，垂下眸，语气一贯的平静，解释道：“被他们打下山了。”

他一想到李存离和小圆得意扬扬地伸手问他要钱的样子，微不可见地皱了皱眉，漫不经心地打量着正在给伤口消毒的尹言，问道：“你的伤怎么样？”

“小小伤口不足挂齿啦。”尹言挥挥手，头也不抬。

沈时煜见那黄褐色的液体从她脚背肆无忌惮地浸进他专门定制的高档沙发垫里，黑眸凝聚，声音依旧平静无波：“不，我想说的是，你的医药费，还有这垫子的干洗费什么时候付给我？”

尹言拿着棉签的手僵在空中。

你见过比沈时煜更抠的人吗？你见过比沈时煜更无耻的人吗？

尹言没来由地一阵火大，火气里包含了白天在密室里被戏弄的憋屈，大吼道：“我就不给，你咬我啊！”

沈时煜见她盛怒的模样，面不改色，连眉头也没皱一下，只是淡淡道：“对不起，我不吃屎。”

尹言仿佛一拳打在棉花上，索性偏过头，不再理他。

她手法熟练地将脚快速包扎好，将矮几上的消毒用品盖好并放进医药箱里，就势躺下，背对着他。

空气一时之间冷凝，沙发另一端的沈时煜却毫无所觉。

“沈掌门，为什么老有人追杀你？”尹言开口问道。

她的声音有些飍飍的，似还在恼怒中。

这个问题她似乎不止问了一遍，每一次都没得到正面的回答。

这次沈时煜再不认真回答，以后就不问了，尹言心里想着。

昏黄的灯光闪烁着，他目光幽暗，面容紧绷：“因为有人出钱。”

闻言，尹言挣扎着又坐起来，顾不上被牵扯到的伤口，问道：“那个人是谁？”

“想要我死的人。”

“……”

前面已经说了，跟这个人沟通需要强大的内心和足够的耐心。

尹言今天莫名地挨了一刀，刺激得她固执病犯了，于是她忍耐着，抱着打破砂锅问到底的态度，今天偏要弄清事情的原委。

“你这个人也真是……不如，我们互换秘密好了。”话匣子一打开，她就开始滔滔不绝了，“其实，我知道，龙经理是因为接了个便宜单，又不好拒绝，才派我来的。我跟你讲哦，我的武功虽然不咋样，可是我投机取巧的本事还是不错的，保护你绰绰有余了。”

尹言见沈时煜还是不为所动，挠了挠头，继续道：“我跟你讲，钟傲天可是我见过的最骚包的人了。他啊，不管是执行什么任务，非要穿得跟走秀似的，也不嫌累赘……”

“钟傲天？”沈时煜就着灯光朝她看去，半睁着的乌黑的双眸像一池深潭。

尹言摸了摸自己的脸，心想，难道他对钟傲天感兴趣？

她仿佛找到了知己，兴奋道：“嗯，就是我们龙威镖行第一热衷狂魔钟傲天。他每次出任务的赏金老是排第一，还总是在我面前炫耀。”

尹言说到最后，不忘鄙视地撇撇嘴。

沈时煜的嘴角微微抽了抽，他靠在抱枕上，寻了个舒服的姿势，徐徐开口：“我在找一样东西，找到了，我就能回去了。”

第四章

不要生气……生气是魔鬼

忽明忽暗的灯光闪烁着，沈时煜的一半侧脸隐在暗处，显得格外神秘。

尹言张了张口，发现不知道该说什么，目光中带着询问看着他。

“我也不知道那东西是什么，只知道在疾风馆里。”

“所以，今天去枯井是为了找那个东西？”

“嗯。”他微微颔首，低声道，“疾风馆我找遍了，这座山实在太大。”

“没事，我们一起找啊，”尹言想也不想地笑道，“到时候我们找到了，既能立功，又能回去，钟傲天的表情一定会跟便秘一样难看。”

“你倒是想得开。”沈时煜露出一抹讥讽，“如若一辈子都找不到呢？”

尹言摆了摆手，不以为意道：“沈掌门你太杞人忧天了，凡事要往好的方面想嘛。有我尹言在，你还怕什么？”

她的笑太过明媚，沈时煜淡淡瞥了一眼，便不着痕迹地别开眼去。

“可是不对啊，我看那些人不是冲着你要找的东西来的，分明是冲着你……”她睁大眼，疑惑道。

沈时煜垂眸，语气平静道：“你不懂有钱人的烦恼。”

尹言忍不住翻了个白眼，心想，不就是霸道总裁小说里类似的剧情罢了，你们那些豪门恩怨、洒狗血的事情我还懒得过问呢。

沈时煜不愧是聊天终结者，一句话就把天聊死了。

尹言这天受的刺激也不少，很快就感觉到疲倦，便不再理会他，又躺下，闭上了眼睛。

她原本只是打算装睡，但可能真的太累了，才合眼没多久，竟昏昏沉沉地睡着了。

迷糊间，尹言觉得有一只冰凉的手掌按在额头上，只停留了一会儿，触感消失后，她翻了个身，睡得更沉。

相比沈时煜的精神抖擞，尹言完全可以用一条死鱼来形容了。

昨夜，她睡得极不安稳，以至于次日起床的时候都是精神萎靡、双眼无神。

她做了一个噩梦。梦里沈时煜顶着那颗硕大的痦子一脸淫笑，右手不停地翻来覆去，掌心的硬币满天飞舞，无比妖娆地看着她，那眼神好像在说：今天的我是如此英俊。

她不忍再回想如此恶心的梦境，哆嗦着跳了起来将毯子折好堆在一旁，视线却被茶几上摆着的东西吸引。

包子、馒头、油条、手抓饼、豆浆、奶茶、八宝粥等一系列诱人的早点。

她有些惊讶，但更多的是感动。

尹言美滋滋地挪着脚步靠近茶几，端起离得最近的豆浆，正要喝，一张字条掉落下来——

豆浆：8 元

她再拿起旁边的馒头和八宝粥，每一样东西的底部都有同样的小字条，上面分别写着各自的价格——

馒头：5 元

八宝粥：15 元

……

尹言一口气卡在喉咙里，仿佛随时要晕过去。

她刚刚一定是头脑还没清醒，才会生出感动来。

咕噜噜……肚子传来声响，饥饿感席卷了全身，反正欠了不止这么点钱，干脆以后一起还好了。她这么想着，便开始大吃特吃起来。

尹言吃完后，一瘸一拐地打开门，映入眼帘的除了炎炎烈日，便是两个美男浸在日光中的夺目画面。

沈时煜依旧是那一身青色的长袍，端坐在树荫下盘腿闭目养神。那张俊脸沉稳宁静，给人的感觉如细细潺流的溪水，令人不由得注目，移不开视线。

莫靖垣见尹言来了，停下了手里的活，大大咧咧地笑开，桃花般的双眸如三月春风一样勾人。

“你在做什么？”见莫靖垣旁边都是一些粗壮的树枝和细细的铁丝，尹言疑惑地问。

“给你做拐杖啊。”莫靖垣笑得人畜无害。

尹言在心里说：你见过做拐杖能做成一把铁锹的？抑或是，它本来就是一把铁锹？

莫靖垣见她不说话，又道：“哎，我要走了，想给你留个礼物。”

“你不是留下帮忙的吗，还没见过你真正的实力呢。”尹言有些惊讶。

莫靖垣站起来试了试手中那把“铁锹”的支撑力，觉得可行，便将它递给尹言，轻笑道：“没办法，我就是块砖，哪里需要哪里搬。”

“说人话。”

莫靖垣扑哧一下笑出声，满脸的不正经，说道：“这疾风馆四处都设置了陷阱，连房间都是铜墙铁壁，暂时还比较安全，所以，我还是先去需要我的地方。”

“可是这里也需要你啊。”她急道。

如今她腿脚不方便，在没有痊愈前，这些杀手又来得比较频繁，万一……

“他不会告诉你，他是因为没有住宿费了。”

一直不曾开口的沈时煜淡淡道，只是双眼还是闭着，姿势如常，仿佛刚才的声音只是幻觉。

莫靖垣瞪他，没好气地说：“还不是你乱开价，乱七八糟的杂物间一晚居然开一千块，你抢劫啊。”

“我这里优雅舒适、温馨雅致的杂物间难道没有让你有家的感觉？”沈时煜反问。

莫靖垣不得不感叹沈时煜能如此大言不惭，他到底修炼到了哪一层境界。

尹言感觉到了某种硝烟味，然而好奇心却使她不想阻止。

她同情地看了一眼莫靖垣，谁知那厮回以更同情的眼神，那神情分明在说：兄弟你受苦了，当这个人的保镖，首先一定不要把自己当正常人。

尹言含着泪频频点头，总算找到了知音。

一时间谁也不再开口，两人用眼神相互交流，相互安慰，相互诉苦。然而在外人看来，以为两人眉来眼去，正在脉脉传情。

“乱砍此山树木，盗用晒腊肉的铁丝，赔偿一万。”

沈时煜半睁着眼，一张脸面无表情、冷若冰霜，语气也依旧是冷冷的。

够狠！

莫靖垣心生恼怒，冷哼道：“要不是被冻结了所有银行卡还有一切账号，不然我要收购疾风馆。”

“哦？装阔时间到了？”沈时煜不以为然。

莫靖垣一时噎住，论装阔，如果谁能达到沈时煜的水平，他的名字倒过来写。

在太阳的炙烤下，莫靖垣只觉得浑身酸软无力，看来这条命只有空调才能救得了。

莫靖垣冲尹言真挚道：“其实，我是富二代，我爸为了考验我有没有真心朋友，他让我先借几百块钱，就可以继承董事长职位和上千亿的资产。今天你借我几百块当路费，到时候分你五百万。”

尹言没说话。

这年头，男人不为五斗米折腰，也要为人民币而折腰。

莫靖垣看清了这个世界，感慨这个世界真残酷的同时，心里也把沈时煜痛骂了数遍。

那晚清风阵阵，星星密布。月亮闪烁着耀眼的光芒，四处一片幽静。

沈时煜半蹲着，整个身影浸在黑暗中，修长的双手握着铁锤一下一下地敲击着什么，仔细一看，敲的是一根细小的桩子。

“堂堂沈大少也会做这种粗活？”

莫靖垣嘴里噙着一根狗尾草坐在台阶上，一副吊儿郎当的模样。

“我会做我骄傲了吗？”沈时煜头也不抬，双手继续忙活着。

“我可不是来找你抬杠的。”莫靖垣双手交叉枕在脑后，靠着廊柱仰望星空，“还有什么要交代的吗？”

沈时煜敲击的右手顿了顿，淡淡道：“没有。”

“你被放逐到这里三年多，以你的人脉和资产，非要亲自找到那个东西才能回去？”

沈时煜拨弄着那根细桩，测试稳不稳固，抽空瞥了他一眼，淡然回话：“以沈氏目前的情况，我还无法完全掌控。”

莫靖垣微微愣怔。他侧头审视着沈时煜，曾经那个无人不知无人不晓的纨绔少爷，如今做起这些粗活来轻车熟路，仿佛三年前，福兰市里那个不可一世的沈氏少爷是另外一个人。

“我知道你在想什么，”沈时煜从阴影中走出，低沉的声音在夜色中仿佛化成了叹息，“我还是那个我。”

沈时煜的爷爷出生在一个战火纷飞的年代里，是抗战英雄。后来太平盛世里，老爷子开始经商，生意做得风生水起，但身上自始至终带着军人的威严，双眼凌厉、模样严肃，所以自小沈时煜对老爷子又敬重又惧怕。

沈时煜是沈家唯一的孙子，从小被定义成唯一的继承人，一直以来被保护得很好，生活奢靡，花钱如流水。

那个时候他可以包下福兰市顶级的五星级酒店顶层开生日派对，也可以一夜豪赌输掉几百万眼不眨心不疼，人人跟他称兄道弟。

可自从沈父因车祸而亡，沈老爷子因悲伤过度一病不起后，一切都变了。

沈氏集团被那个女人安插了大半亲信，那些人利用她副总裁的便利中饱私囊，一个个目中无人，无所不为，行事专横，将集团内部搞得乌烟瘴气。

老爷子心力交瘁地想要让沈时煜来接管集团，几个董事成员却都不看好他这个只知道醉生梦死、不务正业的纨绔子弟。

往事历历在目。

那天老爷子虽还挂着氧气瓶，却不失军人风范，用他在商场上一贯冷酷无情的语气告诉沈时煜，要想拥有集团的一切，找到那个东西才能回去，而且是要活着回去。

老爷子冻结了沈时煜所有的卡，没收了他的手机，辞退了他所有可信任的助理和保镖，用私人飞机将全身只剩下三百块钱的他扔在这个位于荒山野岭、鲜有人迹的疾风馆。

疾风馆除了长留此处守门的老师父，什么人也没有，孤零零落座在这群山之顶，仿佛与世隔绝。

不过短短数日，他从众人簇拥、人人讨好奉承的沈大少爷，变成了一无所有、什么都不是的沈掌门。

有上顿没下顿的日子，老师父怡然自得，日子过得很是悠闲自在。然而沈时煜不同，每日想得最多的便是下一顿吃什么，明天吃什么。

他忘不了那种有上顿没下顿的感觉，也忘不了饥寒交迫的滋味。没有了任何经济来源，曾经对山珍海味都不屑一顾的他，也只能咽下那干涩无味的馒头。

三年来老爷子不闻不问,除了送来两个深藏不露的保镖——李存离和小圆，就再也没有任何消息，仿佛将他遗忘了般。

谁又能相信，当年那个目空一切不可一世的沈时煜，变成了如今为了生存，什么都要会，什么都要学的沈掌门。

他还依稀记得，用仅剩的几块钱买了一个笔记本，上面记载的内容不堪回首：大米多少钱一斤，超市星期几半价，日用品每月几号打折，哪一家店每日推出新品免费品尝……

回忆苦涩，三年的沉淀才有了如今的心如止水。他看着自己已布满老茧的双手，咧了咧嘴，露出一抹自嘲的苦笑，淡淡地说：“我知道，这三年……爷爷也是为了保护我。”

历练自己，磨炼自己，让自己变得和爷爷一样拥有雷厉风行的行事手段和处变不惊的心魄。

商场如战场，尔虞我诈，钩心斗角都是常态。

三年前，已过花甲之年，本可颐养天年的沈老爷子痛失爱子，一手创立的沈氏集团又被外戚所掌控，却还要为自甘堕落的孙子操办一切。

一年前，沈时煜才明白老爷子的用心良苦，那一瞬间所有的怨恨烟消云散。

莫靖垣神情肃穆，轻轻点头，突然想到了什么，问道：“可是尹言呢？她为什么会出现在这里？”

沈时煜显然没料到对方的话题转换如此快，静默片刻，说道：“有人出钱请她来的。”

“你不是有存离和小圆了吗？”莫靖垣似乎发现了新大陆般，惊呼道，“难道是……”

“闭嘴。”

“我来之前听说……”

见莫靖垣欲言又止，沈时煜俊脸微沉：“今晚不滚住宿费涨价。”

莫靖垣感觉到口袋里的钞票在飞，苦着脸说：“有缘再会。”

于是，自那晚起，莫靖垣便没再出现过了。

在尹言修身养性，等待伤口痊愈的日子里，沈时煜越来越忙碌。

比如，他把房门换成了新型高科技防弹门，再比如，后山上茂盛的树林越来越稀疏。

尹言语重心长地说：“乱砍乱伐是犯法的。”

沈时煜不以为然：“等你被戳成筛子再来说这句话。”

“啊？”她看着沈时煜举着削尖的竹竿惊奇道，“这武馆里到底有多少陷阱？”

“你可以试试。”

试试就试试。

她小心翼翼地挪动着双腿，一步一个脚印般，一会儿跳到这块石砖，一会儿跳到那块石砖，还在兀自琢磨着下一步该跳到哪一块砖时，只听见咻咻咻的声音夹杂着一道劲风从耳边掠过，她即将落脚的那一块石砖上赫然插着一排被削得锋利无比竹竿。

尹言哆哆嗦嗦地收回脚，一时间不知所措："你你你……这是在谋杀。"

差一点，差一点她就要当场香消玉殒了。

沈时煜见尹言一副担惊受怕的样子，悠悠道："这种谋杀太没有水平。"

言外之意就是要谋杀也不会这么明目张胆地暗杀你。

尹言显然不会想到他话里有话。

她伸出手指触摸那削尖的竹竿边缘，被沈时煜的手艺深深折服，这么想着，赞叹的话也不自觉到了嘴边："想不到你手艺还不赖嘛。"

"有钱可以为所欲为。"沈时煜淡淡道，"你觉得我会浪费时间在这么麻烦的制作上？"

尹言直挺挺地倒地。

此刻她已经在心里狂扇了自己数巴掌，叫你多嘴……叫你多嘴……

尹言思索良久，觉得不能再这样虚度光阴，不然那些杀手还未前来报到，她早就被沈时煜气得心梗而亡，于是在脚伤完全好了的那天，她果断地冲到了正闭目养神的沈时煜面前。

雨后初晴的阳光下，他的脸上似乎笼着一层浅淡柔和的光芒，与他平时锐利冷漠的俊颜截然不同。虽然那张俊脸让她心猿意马，但她还是尽量克制住了自己。

毕竟，大事为重。

“你对这不服来战山了解多少？”尹言问。

沈时煜并没有睁开眼，呼吸缓慢而悠长。

久到尹言以为他真睡着了的时候，他抬起右臂遮住眼睛，缓缓开口：“山上的野果随便摘，野菜随便挖。”

“我不是问的这个。”尹言翻了个白眼。

“免费的资源很好利用。”

尹言一遍遍地告诉自己不要生气，生气是魔鬼……

她深深吸了一口气，平静道：“我是说，你要找的那个东西是什么样子的，是一封信，还是其他的？这座山你全都找了吗？”

沈时煜微微侧头，给了尹言一个我知道我还会在这里待很久的眼神，又回过头道：“没有，那井也是最近才发现的。”

毕竟，更多的时间用来赚钱生存，哪来那么多闲情。

尹言冷哼一声，负气般坐在台阶上。

这片山林这么大，要找的东西是什么都还未知。一时间，两人都没再说话，四周一片安静。

“师兄，快出去看看吧。”

一道急急的声音打破这片宁静，小圆肥嘟嘟的脸上满是汗珠，一副大事不好的样子。

沈时煜任由他拉拽着衣袍往武馆门口小跑而去。

尹言见状，也跟了上去。

疾风馆大门前，一台高大的推土机仿佛要把大地震碎了一般，发出震耳欲聋、响彻山谷的轰鸣声，崭新的铲斗闪烁着耀眼的寒芒。

推土机停在疾风馆的大门前，一辆白色的奔驰大 G 也跟着停在了侧边。

后座的车窗缓缓滑下，首先露出的是一张油头肥耳的大盘子脸，典型的商人外貌特征。车里的人高抬着双下巴看着馆门前站着的几人，一双鼠眼尽是高傲不屑。

“各位，不好意思，这是政府的批文，从下个月起，这里将要被推平重新改造，建立旅游休闲山庄。”

中年男人从车窗递出一沓文件，李存离迟疑地接了过去。

文件内容和印章都不假，沈时煜一目三行快速掠过，泛着冷意的眸子没有一丝情绪。

见他们都没有说话，中年男人下了车，摆正胸口的领带，颐指气使地指挥着随行的助理擦干净自己皮鞋上的灰尘，肥厚的嘴唇浮出不怀好意的笑：“这里果然和照片上一样山清水秀，景色宜人，不用来建造山庄真是可惜了。”说着，还煞有介事地深深吸了一口气，仿佛要将这清新的空气吸入大腹便便的肚中。

“不好意思，我刚刚放了个屁。”小圆挠挠头，难为情道。

中年男人瞪了他一眼，冷哼一声转过笨重的身子，双手交叠放在背后，一副领导视察的样子，四处来回踱步，时而点头，时而摇头，时而发出“啧啧”声。

他指着门前那棵高大的槐树，偏头对身边的助理道：“这棵树太煞风景了，推平后做一个喷泉假山。”

然后，他又指向那已经腐坏的武馆大门说：“这年头谁还用这种既容易生虫又容易腐烂的木门，拆掉，用金属材质的，要欧式雕花的，高端大气上档次。”

中年男人一会儿指着这儿，一会儿指向那儿，颇有指点江山的架势。

因武馆门口站了一排人，单单沈时煜那一身浑然天成的迫人气息，就让中年男人不敢绕过他们进门，更何况还有一脸凶神恶煞的李存离和小圆。

尹言用眼角余光偷偷看向沈时煜，此时的他如往常一样，面无表情看不出任何情绪的样子，让人着实摸不着头脑，不知道他在想什么。

突然，沈时煜动了。

准确来说，他是以尹言完全没来得及看清的速度移到了中年男人旁边。那厮正拿着一块石砖敲击着已然破败不堪的院墙，整个院墙的墙灰唰唰落下，只见沈时煜快狠准地掐住他的手腕。

中年男人一时吃痛，手上的石砖顺势掉在地上，“啪”的一声，摔得四分五裂。

沈时煜盯着中年男人慌乱吃惊的双眼，黑色如潭的瞳孔冰冷，幽幽说道：“我这疾风馆的一砖一瓦，岂是你随便能碰的？”

他声音嘶哑低沉，冷彻刺骨。说着，他手中的力度加大一分，那中年男人瞬间痛得满头大汗，大盘子脸扭曲在一块。

“疼疼疼……你你你，快给我放开。”中年男人不由自主地颤抖，想挣脱却发现右侧身子动弹不得，“我可以告你故意伤人……你知不知道，快放开……”

中年男人边说边用眼神示意身侧高高瘦瘦的助理，那戴着黑框眼镜的助理在一旁慌慌张张正要拿出手机，被早就观察着的李存离一脚踢飞。

中年男人哭丧着脸开始求饶，完全没了方才目中无人的气势：“这……这位老板，我错了，我……我愿意赔钱。”

沈时煜稍稍减弱了一点力气，手却没松开，神情更冷峻了几分，说道：“赔钱就能了事？”

中年男人看了看地上那已经破碎的石砖，浑身颤抖着问：“那你想怎么样？”

沈时煜不语，默默地将力度又加重一分。

“哎呀，疼疼疼……”中年男人承受不住，开始叫喊起来，“老板你说你说，你开个价。”

“这石砖有几百年的历史了。”沈时煜随意地瞥了瞥地上的石砖，“少一块砖，这整个院墙就不完整了，你知道对于这百年武馆的损失有多大吗？”

“就、就一块砖而已……”

“一块砖而已？即使你造了块一模一样的砖来，但它没有经历过百年的风吹雨打，在我眼里也是块废砖。既然你觉得不重要，那就用这双手来赔吧！”沈时煜眯起眼睛，抓住中年男人的另一只手，一副不放过他双手的架势。

“我愿意出钱整修这个疾风馆，围墙、地砖什么的都包括在内！”

中年男人几乎是声嘶力竭吼出来的。

一旁的小圆已经快狠准地在他手指上涂了一层印泥，顺便拿出一张纸狠狠地压着他在上面按压了个手印。

目睹了全过程的尹言瞠目结舌。

让她震惊的，除了沈时煜深藏不露的武功造诣，还有他对这疾风馆的维护。

中年男人的手终于得以解脱，以生平最快的速度逃也似的钻进了他的车里，并吃力地带上门。

“哼！希望在我出资修葺疾风馆前，这里不会被铲平！劝你们把该带走的带走，不该带走的留下，不然，到时候强拆会发生什么意外，谁都说不准了。”

中年男人尽管因疼痛而面容扭曲，但还是要过嘴炮瘾。

“你……你少得意！”小圆气得跳脚。

尹言忙抱住随时要冲过去干架的小圆。

“我就是得意了怎么着？”中年男人挑衅地挑挑眉，“这辆推土机我就放在这儿，反正马上就要用得上了。”

说罢，车窗迅速关上，奔驰大G特有的引擎声在这山谷中回响，留下一缕尾气。

离下月初还有半个月的时间，半个月后，他们就要被迫离开这里。

如若是刚来的那几天，尹言听到这些话，还是挺高兴挺期待的，毕竟可以早一步完成任务早点享受生活。

可是现在，她的心境完全不一样了。

具体哪里不一样她也说不上来，就是不愿意就这样没有任何成就地离开。

李存离几次想把手中的文件撕成碎片，仿佛是把它当成那个中年男人。

“给我吧。”沈时煜伸手，淡淡道。

第五章 你终于发现他是个蹭饭的？

一轮圆月挂在天际，泛着朦胧的冷光，周围只有几颗星辰相伴，透着一股落寞与寂寥。

老师父倚靠在廊柱上闭目养神，尹言则和李存离他们围着沈时煜坐在院子里的台阶上。

不同于白天的一目三行，这份文件沈时煜此时看得很是仔细，不漏过任何一个字。

“你在看什么？”尹言轻轻问。

沈时煜将文件摊开，有几页被他折了些边角。

他蹙起眉，冷声道：“他们做了不少准备，还是早几个月前就准备好了的，不过这正是我需要的。”

他的俊脸依旧紧绷，朦胧的月光洒在他脸上，冷峻的轮廓越发深刻，嘴角却浮出一抹若有似无的笑。

他指着其中一页，众人忙探头去看。

这一页有一处写明了不服来战山的土壤类型和山地情况，甚至山体中有哪些洞穴和位置都写得一清二楚。

看来对方不止来势汹汹，倒也着实下了不少功夫。

“你的意思是什么？”尹言不解地问。

原谅她无知，她实在想不出来。

“这样就不用盲目地到处搜寻了。”

尹言似懂非懂地点点头：“你是说可以按照这文件上的地标一个个去排除？”

“嗯。老爷子说那东西在疾风馆里，既然疾风馆找遍了都没有，那肯定只能在山里了。”

“你说，会不会与那个周老板的井底密室有关？”

“我以老爷子认识这样的奇葩为耻！”

尹言偏过头不想理沈时煜，视线落在那扇从未开放过的正殿门上，她指着大门问：“这正殿大门从我来这儿起到现在都没有打开过，你们去那里面找了吗？”

她的这句话让在座的各位都沉默了。

沈时煜神态自若地看向小圆，小圆则若无其事地看向李存离，李存离看向老师父，发现对方两耳不闻窗外事，一心只在闭目养神，便抬头看天。

尹言了然，敢情这几人都不曾打开过正殿门，便又问：“那你们谁有钥匙？”

几人皆摇头。

沈时煜双手环胸，那双死鱼眼无神得没有任何起伏，幽幽地说：“老师父说心诚则灵，一切随缘。”

尹言白眼快翻到了天灵盖上。

自从知道了老师父极大的反差之后，她就再也不相信这疾风馆里还有正常人。

比如她，在与他们相处的这些日子里，她觉得自己也快要归为不正常那一类了。

“要是缘分没到，你们就不打算查啦？”

沈时煜沉吟数秒，说：“你不是说要往好的方面想吗？”

“……”

尹言觉得心好累，他们还能愉快地沟通吗？

就在尹言郁闷间，老师父突然咳了咳，轻轻甩了甩宽松的衣袖，摆了一个相当周正的打坐姿势，混浊的双目透着一股道不尽的沧桑，颇有一股仙风道骨的气势。他抬头看向远处的虚空，只听他声音悠远而绵长，淡淡道：“年轻人，不要这么急躁，虽然这条路比你想象中的要艰难。”

如若是刚认识，尹言一定以虔诚虚心的姿态洗耳恭听。

她瞥向众人，发现大家都是一副耷拉着眼皮面无表情，且冷漠的样子。

“这不是你的台词。”沈时煜冷酷无情地打破这份安详。

老师父气得跳脚：“臭小子，让我装一下会死吗？”

“我隔夜饭都要吐出来了。”沈时煜再次残酷地补刀。

论口才，谁能与他争锋？

所幸老师父看得开，懒懒地摆了个卧罗汉的姿势，边掏耳朵，边悠悠道：“自上任掌门仙游而去后，正殿门就不曾开放过了，至今，估摸着得有二三十年了吧！”

李存离：“可你上次说是因为里面闹鬼才不开的。”

小圆：“你不是说怕冲撞了神明才不开的吗？”

沈时煜：“我记得当时你说将凡尘俗扰抛在脑后，这扇门便会自动开启。”

……

尹言转身走向那正殿，一刻也不想看到这群人。

正殿的大门和其他院门一样，因年久失修，无一处不透露着破败，更何况这里早就没人来学艺祭拜，更是得不到修缮。

武馆是弘扬中华武术精神，传播中华武魂，展示武术绝技的地方，门槛自然更多了一层含义。

自古以来，拜师时需举行一定仪式，乡村武馆向列祖列宗神位跪拜，城镇武馆向关公画像或华光神膜拜，发誓习武不欺弱小，不做坏事，不为非作歹，不伤天害理，只要跨过门槛，进入武馆，便要做到这些。

所以武馆的门槛一般都高至膝盖处，亦是防止木制的门槛被踩破。

经过岁月的摧残，高高的门槛早已坍塌风化，门闩上的锁早已锈迹斑斑。

尹言在门前踌躇片刻，伸出手摸上那锈蚀的门环——

果然是有主角光环加持的女主，运气一般不会太差。

没有任何悬念地，门锁“咔嗒”一声，掉落在地上。

疾风馆众人：！！！

真是应了那句，你在前头开锁，我在后面蒙了。

尹言不可置信地看了看双手，随后一脸欣喜地推开颤颤巍巍落着灰屑的大门。

正殿内没有摆放任何画像，除了摆着供奉的桌子，再也没有其他。

“哎呀，尹姑娘，看来你和疾风馆挺有缘啊。我看你天赋异禀，骨骼清奇，要不要加入我们做武友啊？”

老师父谄媚地迎上来，凹陷的双眼和满脸的褶子要多猥琐有多猥琐。

尹言嘴角抽搐，恶狠狠道：“猥琐，不要！”

老师父一口气没提上来，差点背过气去，心想，是我跟不上潮流了吗？现在的年轻人都这么欺负人的吗？

尹言不再理会，自顾自地在殿里搜寻着可疑的痕迹。

沈时煜站在门口，浑身微微僵硬。

他觉得自己很荒唐，竟然会把老师父满口胡诌的话当真。

如果不是尹言，他还会一直坚信着那荒唐至极的诚心。

为此，他的心情很是阴郁。

沈时煜看着尹言一会儿掀开长长的帷布探头探脑，一会儿又在供桌前沉思，他嘴角微弯，跟在她后面四处打探着。

经过这么多日子的相处，尹言从无数惨痛的教训中总结出生存之道。

既然这疾风馆和疾风馆的人处处透露着不正常，那么这长久不开的正殿，也一定不会正常。

她想到了那枯井，想到了那间密室，想到了那副对联，还有创造密室的人。

也许是这种感觉太强烈了，她猛地掀起供桌上长至落地的桌布，瞪大眼睛等待着奇迹再次降临。

奇迹果然在这一刻降临。

尹言惊喜地指着供桌下那个小小的神龛，将众人都叫了过来。

沈时煜见她笑眼弯弯，眸子里闪过微不可察的波澜，不自觉地看了过去。

那神龛上面结了好些蜘蛛网，落满了灰尘。尹言蹲下去小心翼翼地将神龛抱了出来，吹掉灰尘，拍掉蜘蛛网，露出了原本棕褐色的木质外盒。

尹言深深吸了一口气，因太过激动双手颤抖不已。她以一种无比虔诚的心缓缓拉开龛门，一张布条霎时弹了出来，待她看清布条上龙飞凤舞的大字时，一时间止不住地泪流满面。

布条上写着：没错，我是宝藏。

她嘴唇哆嗦着，泪眼婆娑地看向众人，武馆众人皆回以同样的目光。

沈时煜冷静地走过去，等他看清布条上的字后，额角的青筋凸了凸。

尹言强打起精神，又拉开了神龛里头的隔层。

尽管做了强大的心理准备，也架不住所谓的宝藏是一双有味道的草鞋带来的冲击，鞋头那儿还破了个洞。

“这……就是你要找的东西？”

尹言用两根手指嫌弃地将草鞋拈了出来，空气中瞬间弥漫着一股令人窒息的味道。

沈时煜面无表情，只是脸色有些发青，显然，他更不愿意承认。

在他的认知里，老爷子这么看中且被视为宝藏的东西，怎么可能随随便便地就能被找到，还这么敷衍恶心。

“不，我们被耍了。”他别开眼去，不想再看。

“那就是有人故意放在这里了。”尹言狐疑地扫视众人，最后视线停在正抠鼻的老师父身上，“这一定是你放的。”

抠得正欢的老师父愣了愣：“哎哎哎，你不要随便甩锅啊。我要是拿到了宝藏，还会和你们这群人每天抢饭吃？我早就逍遥快活去了。”

话糙理不糙。

所以，唯一的线索也断了。

尹言也无法直视那双草鞋，将它扔进了神龛里，关上龛门。

“那下一步怎么办？”她问。

沈时煜双眸色泽微深：“那么只有……搜山了。”

然而搜山任务巨大，除了尹言跃跃欲试外，疾风馆其他三人皆一副丝毫不感兴趣的样子，他们心思各异——

小圆：搜山？你以为跟炒菜一样，动一动锅铲就能将这座山搜一搜，就能搜出什么蛛丝马迹？

李存离：搜山有钱吗？最近手头紧，我宁愿下山表演我新学的美声唱腔。

老师父：哎呀，这是你们年轻人的战场了，年轻人就是要多动动啦！

第二天，当尹言垂头丧气地坐在武馆门口的台阶上想着对策时，一个奶声奶气的声音飘来——

“小姐姐，这里就是疾风馆吗？”

尹言抬头，便看到老槐树下站着一道黑影。

金色的阳光为他微卷的头发镀上了一层柔和的光泽。

是一个同小圆差不多身高，年龄应当也差不多大的小男孩。

只是他的衣服破旧，浑身脏兮兮的。

“是的。小朋友你找谁？”尹言问。

小男孩有些踌躇不安地走上前来，害羞道：“小姐姐，我、我想来学武，只要有饭吃就行了。”

尹言微微讶异，虽然觉得奇怪，但那男孩诚挚的表情让她母性大发，连忙将他带进了疾风馆。

在给小男孩洗脸的过程中，尹言知道他叫裴沛，了解了他的身世，总之很凄惨就对了。

此刻，疾风馆里没有其他人在，尹言便自作主张将他留了下来。

裴沛人虽小，心却很细，每当尹言想做点什么，他都会第一时间去动手准备。

他实在是太懂事了。

尹言边观察裴沛的动作，边若无其事地看手中的文件。

等到月明星稀，几个人才从镇上赶回。而对于这个突然出现的小孩子，众人也只是微微惊讶了一下。

也许是因为裴沛的懂事和乖巧，这些天他除了跟着老师父勤学苦练，便是默默地打扫前后院，其他人便渐渐接纳了他。

最高兴的是小圆。

他本就是天真无邪的年纪，眼下有了一个伴儿特别兴奋，天天拉着裴沛到处玩。

而沈时煜自始至终都没说什么，仿佛只是多了个物件。

晚饭后，后院只剩下收拾碗筷的尹言和坐在木凳上雕着什么的沈时煜。

“沈掌门，你也发现了吧？”尹言瞥了一眼小圆房间的方向，向沈时煜缓步靠近。

“你终于发现裴沛是个蹭饭的了？”沈时煜没好气地说。

曾几何时，人与人之间的沟通竟让她如此吃力？

她转身不理会他，将碗筷放进厨房的池子里便往小圆房间那边走。

“你去了只会添乱。”

身后沈时煜淡淡的声音传来，尹言顿了顿，转身不解地看着他。

沈时煜没再说话，只眯起眼睛，微微看了她一下。

尹言皱眉道：“小圆还只是个孩子。”

“是吗？”沈时煜停下手中的动作，却没有抬头，只淡淡道，“这都解决不了，我要他何用！”

尹言深深吸了口气，十分冷静道：“你对这疾风馆一砖一瓦都这么看重，难道小圆除了是你的保镖就什么都不是了吗？我可不像你！”

她说完，就大跨步往前方走。

她刚踏进院子，就听到小圆房里传来乒乒乓乓的声音，尹言心下一惊，二话不说就往房里冲。

房间一片狼藉，而此时的小圆正将裴沛反扣着手踩在脚下，见破门而入的尹言，得意扬扬道：“哈哈，我就说这种风口浪尖的时候怎么会突然冒出个小孩来，铁定是夺命小矮人雌雄双煞啊！”

原来裴沛就是杀手排行榜上的雌雄双煞之一，他患有侏儒症，身材矮小，加以伪装的话，一般人看不出来。

他的脸正被按在地上摩擦，露出了狰狞的面目：“我最恨别人叫我小矮人！”

到底是成年人，力气自然比小圆大不少，裴沛找准了机会，一个翻身滚开数米远。

“小心，他有暗器！”见裴沛伸手在口袋里掏着什么，尹言跨步上前一把将小圆拉到身后，进入防备状态。

然而他掏了不知多久都掏不出任何东西来，裴沛气急败坏地瞪着小圆，问道：“小兔崽子，我的刀呢？”

“你说的是那块生锈了的铁吗？”小圆从尹言身后探出头，“原来是把刀啊，我以为是一把发福的飞镖，早就在你睡得跟头死猪样的时候，我就将它扔掉了！”

发福的飞镖？

裴沛气得一口老血差点吐出来，脸上的愤怒转瞬变成诡异的笑。他迅速地挡在门口，说道：“哼，既然知道我是雌雄双煞之一，那总该好奇我的另一半哪里去了！这调虎离山之计看来效果不错！”

小圆脸色大变，正要夺门而出时，裴沛霎时化掌为拳冲向他。

“小心！”

尹言见状大叫一声，高高跃起，右腿横踢扫向裴沛前胸，然而这显然在裴沛意料之中，电光石火之间，裴沛一个旋身横踢先一步踢到了她的胸口。

尹言整个人后仰着重重地摔出去。

“砰——”她的头撞在水泥地板上，眼前突然一片漆黑，胸口也被踢得像要裂开了。

然而她很快恢复了意识，一个鲤鱼打挺翻身起来，她迅速站在小圆面前，侧目对他说："小圆，快走，这里有我顶着，你快去救沈掌门！"

"啊？"

小圆的神情有些复杂，他看了看对他俩不屑一顾的裴沛，再看了看神情坚定的尹言，一时间走也不是，不走也不是。

"快去啊！"见小圆还在原地，尹言紧紧盯着裴沛的一举一动，有些着急了，"沈掌门不是说了吗，现在是法制社会，他不可能打死我的，最多残废。眼下掌门他比较重要，你不要管我！"

小圆咬了咬牙转身跑开的时候，尹言又说道："还有啊，你还是个孩子呢，打不赢就跑，知道吗？千万记得保护好自己！"

沈时煜赶到的时候，看到裴沛的小短腿上正缠着一个物体。

尹言的衣服头发凌乱，灰头土脸的，却紧紧抱住裴沛的腿阻止他前进。

她脑子完全空白了，耳膜轰轰地响，什么都听不到，什么都是乱糟糟的一片。

然后，她感觉到有人将她的双手轻轻拨开来，在对她说话。

尹言紧绷的全身终于松弛下来，她趴在地上，只听见一阵拳打脚踢的声音。

“沈掌门，你终于来了……再不来，我不被打残，也要被裴沛的脚熏死了……呕！”

“师叔，经过这一次，我觉得尹小姐是可以信任的人了。而且她弹跳力很强，爆发力相当惊人，是个练武奇才哦！”事后，小圆对沈时煜说道。

“虽然你要我们少看点言情剧，但这现实中哪有这么个女人肯为你赴汤蹈火呢？换作是我，怎么忍心让这么为我着想的女人受伤！”李存离也附和着。

“是呀，师叔，你都没看到尹小姐那担心你、生怕你受到伤害的样子。欸，你不要再试探她了，求求你做个人吧！”小圆越说越气愤。

夺命小矮人雌雄双煞之一的裴沛意料之中地被他们打下了山，而面前的李存离和小圆不厌其烦地你一言我一语，沈时煜全程保持沉默，直到他缓缓伸出一根手指，两人的话才堵在喉咙里。

沈时煜嘴角一撇，漫不经心道：“我这指甲盖上破了个缺口呢，这个月的福利，是不是也要缺点什么才好。”

小圆小心翼翼地看向李存离，发现他正仰着头，很认真地看着蓝天。

看来和沈时煜相处久了，大家的脖子都很容易酸。

月光悄悄洒在床边，虫鸣声断断续续地从窗外传来。

沈时煜看着床上躺着的尹言，一脸淡然冷漠。

从那天下山卖艺回来第一眼看到裴沛时，他就已经知道裴沛在伪装。

沈时煜装作不清不楚的样子，却发现尹言也一直在若无其事地观察着裴沛。

如果贸然拒绝裴沛要留下的请求，谁也说不准雌雄双煞背后又有什么小动作。将一个放在明处监视，总好过两人一同在暗处伺机行动。

既可以等待那神出鬼没的另一个，又可以试探尹言的忠心，不然凭什么将宝藏这么重大的秘密告诉她。

看来尹言不像自己想象中的那么愚蠢。

沈时煜扯了扯嘴角，蘸了半指药膏，擦在她破裂的嘴角边。

“哎哟，疼……”

昏睡中被痛醒的尹言突然弹坐起来，一把抓住她面前的一只手。待看清眼前的人后，她担心地问：“沈掌门，你没事吧？”

“你脑袋是进了水，还是被门夹了？”沈时煜看着尹言擦破皮的脸，内心的担忧转为惊喜，却面容肃冷，“对付那个矮冬瓜本掌门绰绰有余！”

尹言不以为然道：“我是你的保镖啊，万一他有什么暗器之类的，我怎么会让你有事呢，不然这有损我的名号啊！”

沈时煜沉默不语。

“还有，我知道你在试探我，”尹言拿过药膏顺手擦在磨破皮出血的手臂上，“因为以你这么抠的性格怎么可能同意裴沛留下来。虽然我的格斗技术不咋样，但这次我也算是成功拖住了他。我说过，我要护送你成功回到福兰市的！”

药膏的药性开始慢慢扩散，痛得她忍不住龇牙咧嘴，但她眼眸里的光犹如夜空中最亮的星，如此明亮。

她清秀的脸上有好几处青紫，明明她时不时因为疼痛而露出扭曲狰狞的表情，沈时煜却发现，从未见过她退却放弃的样子。

沈时煜静静地低头看着她擦药，一会儿后不着痕迹地移开了视线。

夜风清香，他的心境到底是不一样了。

第二日临近傍晚，满天的乌云黑沉沉压下来，挥散不去。

大雨倾盆而下，雨水将周围的一切洗得模糊，只剩下房屋依稀的轮廓。

沈时煜将陷阱一一检查一番，来到后院便看到两个就地挺尸的人。

他用脚踢了踢趴着的李存离，说道：“没钱了也不至于这样要死不活。”

“不，是天气的无常令我少了一次卖艺的机会。”李存离解释道。

沈时煜移开视线，神情平静地环顾了整个庭院一圈，并没有看到那个平日里精力充沛的身影。

“尹言罢工了？”沈时煜问道。

小圆头转向他，说：“尹姐姐她下山了，说是去打听打听那个周老板的事。”

“打听周老板？”他微微挑眉。

“对啊，就是开发井底密室的那位。”

细密的雨丝在天地间织起一张灰蒙蒙的网，屋瓦上连续不断的雨滴敲得树叶晃动不停。

不多时，天就彻底暗了下来。

“尹小姐她出门的时候好像没带伞！”李存离突然说道。

沈时煜眸色沉了沉，抬头看向乌黑的天空，不发一言。

尹言出门的时候晴空万里，就没有带伞，所以这下她只能躲在屋檐下避雨。

地下的积水越积越多，她的衣服也被这瓢泼的大雨淋湿了大半。

眼下她虽然不知道该怎么回去，但今天的收获却是不少。

她抬头看向墨色的天空，只祈祷这场雨快点结束，好早些回去跟沈时煜汇报她的劳动成果。

时间一点一点流逝，直到腿都站麻木了也不见这雨有渐小的趋势，尹言无奈地摸了摸咕咕叫的肚子，只得蹲下来继续等待。

天色已晚，寒气从四面八方袭来，她被湿透的半边身子已经逐渐感受到了侵骨的寒冷。

沈时煜撑着伞，隔着雨丝望着蹲着的那个人，此时她正呆呆地看着地上的积水，不知道在想什么。

他缓缓走近，站在她跟前。

熟悉的青色衣摆进入视野，尹言猛地抬头，便看到沈时煜正蹙着眉看她。

有几滴水珠顺着他俊美的轮廓滑落到衣领中，却一点不显狼狈。

“我再怎么苛刻你，你也不至于沦落到来这里乞讨要饭的境地。”他凝视着她先是愣怔再是惊喜的脸，不疾不徐地说。

“沈掌门！”尹言知道沈时煜嘴毒却没恶意，欣喜地站起来，然而蹲久了的双腿麻木到完全不听使唤，她整个身子猛地往前倾，直接撞进了一个湿润的怀里。

一股淡淡的清香味霎时扑鼻而入。

她呆呆地看着自己的双手好巧不巧地抓在沈时煜胸前的衣服上，而揪住的地方正好是胸膛，她再呆呆往上看，沈时煜那半敛着的死鱼眼正透着危险的寒芒。

这姿势，怎么看都猥琐至极。

“啊，哈哈……腿、腿麻。”尹言赶紧松开了抓着他的手，撩了撩淋湿的头发尴尬地笑着。

“我没想到你会如此垂涎我的身体。”沈时煜面无表情地说道。

“意、意外嘛……”尹言抿了抿唇，压下内心的慌乱，忙扯开话题，“沈掌门，我打听到周老板的事了！”

尹言索性脱了鞋袜光脚踩在水里，总比湿答答黏糊糊地包裹在鞋里好。

沈时煜一手撑着伞，两个人并排在屋檐下站着。

倾斜的雨丝打湿了沈时煜的青色长袍。

他微微侧目看着尹言掩不住激动的小脸，一双眼睛如星光璀璨，令昏暗的四周也随之绽放光芒。

尹言用手肘推了推一旁的沈时煜，声音有些急不可耐：“几十年前这个周老板花大价钱包下了整座不服来战山，打算建造一座巨大的游乐度假城。镇上的人也都去帮忙修路开发，可是开工没多久，周老板就宣布停工，他结清了工资就再也没来过了。这里就像被遗弃了一样，修了一半的路早已被杂草乱石荆棘覆盖，游乐城项目也就不了了之。

“我也打听了周老板的联系方式，有的说他出国了，有的说他不在人世了，有的说他穷得叮当响正在要饭，就是没人知道他的联系方式。

“如果你要找的宝藏与他有关，或许真的在那废弃的游乐城里。怎么样，是不是有种丛林探险的感觉？想想就有点小兴奋！”

沈时煜的目光落在尹言挤眉弄眼的脸上，她兴奋地冲自己不断地挑眉，灵动的眼睛透出跃跃欲试，雨滴顺着她因为兴奋而微微红润的脸庞滑落。

他的喉结动了动，问道：“这就是你一天的收获？”

“什么啊！”她抹去脸上的雨珠，“这可是我花了一百多块钱假装喝茶和那些大妈唠嗑得来的呢！我要是单刀直入地问，这要是被你的仇家发现有宝藏这个秘密怎么办？”

说罢，她还摇晃着头拍了拍胸脯：“我说了，你不要小看我！”

尹言对上沈时煜的视线，望着他黑漆漆的漂亮眼睛，心跳没来由地开始加速，脸也飞快地热起来。

片刻后，他移开了目光，兀自缓缓笑了。

秋雨霏霏，两个人静静站着，雨丝逐渐变细，不一会儿就停了。

“雨终于停了！”尹言伸出手在空中接了一会儿，并没有淋湿的触感，“阿嚏，阿嚏！”

不会是着凉了吧？

尹言揉了揉鼻子不以为意：“沈掌门，谢谢你来接我，我们回去吧！”

雨后的疾风馆被弥漫的雾霭掩盖。

尹言洗了个热水澡，觉得头有些昏沉，喉咙灼痛。

她靠在茶几上翻着文件，可还没翻到第二页，眼皮就开始不断地往下坠。

她的身体素质一向挺好的，难道淋个雨就感冒了？

可能是今天一大早出门，太累了吧，那就休息一会儿好了。

尹言实在是熬不住了，枕着手臂，眼睛困乏地合了起来。

尹言也不知过了多久，隐隐约约听到耳边嘀嘀咕咕说话的声音——

“师叔，尹姐姐脸色苍白，不会是死了吧？”

“这话我会原原本本地告诉她，坐等你的屁股开花。”

“这天气小离哥也生病了，要不是我身体倍儿棒吃嘛嘛香的，谁给你打下手！”

沈时煜漫不经心地瞥了小圆一眼，说：“现在照顾的是你的‘姐姐’，为什么出劳务费的是我，难道你心里没点数？”

小圆努了努嘴，悻悻闭了嘴。

虽然他卖力地拧干湿答答的毛巾，但尹言额头上的毛巾却不断浸出水滴答滴答往下滑落。

“你每天吃的是屎吗？我出钱就是看你在这里弹棉花？”沈时煜不耐烦地说道。

小圆眼角一跳，心头一颤，哆哆嗦嗦地将照顾病人的工作一气呵成一步到位后，像躲避瘟神似的逃离了房间。

沈时煜回头低眸望着沉睡中的尹言，她清秀的脸因为发烧而显得有些红。

他取下她额头上的毛巾，将掌心覆了上去，吃过药的她体温下降了些。

“沈、沈掌门……”冰凉的触感让她晕晕乎乎的脑袋舒适一些，她嘟囔着，声音很是虚弱，“你、你不要因为……我、我生病了……就小看我……”

沈时煜心中一顿，正要抽回手，却被她一把抓住放回额头上。

“我、我只是……暂时……生病而已，这点小事……难不倒我……我们还要去、去找宝藏呢……”

“好！”

他口中自然而然地蹦出这个字，沈时煜心头忽地一跳。

原本平静的心像是有人在撩动它，泛起阵阵涟漪，不再安稳。

她带着一身朝气走向他，无论什么困境都从不退却。

他漆黑的浓眉下，沉湛的眼中映出浅浅的灯光，也浮现层层笑意：“睡吧！”

接连几天，尹言都全身心地投入了研究改造计划书中。

沈时煜推门而入，映入眼帘的便是她时而皱眉，时而念念有词，时而用笔在一旁的白纸上写写画画的画面。

尹言见沈时煜进来，抬头看了一眼后又埋头研究。

“你来得正好，”她抽出一页纸摊在桌上，招呼他来看，“我刚才仔仔细细地找了找，还用了谷歌实时地图，有些是没有任何路可走的洞穴，且都非常险峻。”

“嗯！”他缓缓应了一声，表情有点高深莫测，“你对这疾风馆有什么看法？”

尹言：“……”

难道我们不应该讨论怎么快速找到所寻之物的话题吗？

尹言皱眉看沈时煜，见他一副神神道道的样子，她咽了咽口水，试探性地问：“那我说实话不会有什么意外吧？”

沈时煜微微颔首。

尹言得到默许后，脸上露出极为诚挚的笑容，一本正经地说：“我觉得这里一切都非常正常，正常得有些不正常。”

沈时煜被说蒙了。

“首先说小圆，你看他天真烂漫、活泼可爱，武功却比我还高，你们确定没有虐待儿童吗？是不是从他走路就开始逼他练武啊？

“然后是李存离，他为什么那么执着于卖艺啊？是想展露他的才华吗？可是吹拉弹唱他样样都不咋的啊。

“老师父呢，我就不想评价了，大家都懂的。最后是你……”

尹言滔滔不绝地评论的时候不忘偷偷观察沈时煜的表情，见他一副淡定的样子，便继续发表自己的观点：“你明明就很有钱怎么还这么抠？而且你的生活习惯和所作所为一点都不像习武之人，你确定你们都是普普通通的习武之人？”

沈时煜始终一言不发，待听到尹言说到自己时，他微微侧过头，漫不经心道：“你平时都在观察我？”

“呃，这个……”尹言错愕，不承想他会抓住这个话题。她低下头，结结巴巴道，“你知道的啦，察言观色是做保镖的职业病嘛……这里的每一个人我都观察得很仔细的啦。”

“是吗？”他不再看她，视线瞥向桌上的文件，浓眉下是空洞的死鱼眼，“你观察得不错。”

昏黄的灯光下他的侧颜朦胧，尹言在吞了七八次口水后，终于将思绪拉回正途。

“那，你要不要再看一下我画的图标？”尹言问道。

“嗯。”他随意地扫了几眼，将目标定格在某一处上，拾起笔，在尹言画圈的基础上又画了几圈，“这里，最有可能。”

尹言看过去，结合谷歌地图和开发文件分析对比，她点点头，表示非常认可。

不服来战山是由许多大大小小连在一起的群山组成，而两人圈出的那处地标，是一块直立的巨崖，势如苍龙昂首。也正是因为这个原因，这里才会被认为是放宝藏的首选之地。

她目带赞赏地问道：“沈掌门对风水也有研究？”

沈时煜瞥了她一眼：“莫非你也懂？”

“不敢当，不敢当。”尹言虽然话语里带着谦虚，可神情却无不透露着得意。

他徐徐道：“总要会点什么吧，不然你连咸鱼都算不上，应该叫死鱼。”

尹言：“……”

在彻底放弃和眼前这个人争辩之后，她嘴巴张合数十次后，终于下定决心，问道：“可是，你有没有觉得哪里不对劲？”

沈时煜沉思片刻后说：“你是说……”

“是的，是的，”不等他说完，尹言就急着打断，“一切都太简单了不是吗？就算不懂风水的人也能看出这里是最好的地方了。可是，以疾风馆发生的事情总是出其不意的情况来看，这太不正常了呀。”

“那你的意思是？”

尹言煞有介事地点点头：“所以我们要反其道而行之，越是最不可能的地方越是最有可能。”

沈时煜侧头，看她兴奋的模样，淡淡道：“最安全的地方最危险，反之，最危险的地方最安全，明天分头行动吧。”

“啊？”尹言微微一愣，下意识地摇头道，“不不不，我要跟你在一块儿。”

开玩笑，这座山幽森可怕，虽然山顶总是云雾缠绕看起来像仙气缥缈，但从上往下认真地观察，其实是透着毛骨悚然的阴森啊。

殊不知，她的话听在某人耳中，却是另一种意味。

沈时煜不动声色地看着她。

尹言察觉到一道视线，下意识地看过去，然后，在他幽暗而深邃的死鱼眼里，看到了自己的倒影……

四目相对了！

一股热气直冲脑门，她慌乱地移开视线，双手无处安放，只得掩饰性地将桌上的文件拿起又放下，放下又拿起，而后猛然回神，结结巴巴道：“我、我的意思是……我不是你的保镖嘛……当然是你在哪里，我就……”

“嗯。”沈时煜若无其事地应道，继续看手里的文件，只是，他或许也无法感知到，自己嘴角似笑非笑的一缕弧度。

待脸上的热度退散，尹言咳了咳，说：“这山顶的信号不是很好，先前搜索花了老半天工夫，我找了个帮手查一下。”

沈时煜挑眉看了过来。

要命！没事长这么好看干什么……

尹言又花了好大力气才压下突如其来的心慌意乱，拿出手机打开微信视频通话，不一会儿，屏幕上出现了一张放大的脸。

钟傲天顶着一头像被炸开的包菜一样的发型，睡眼惺忪地在镜头前看来看去。

“怎么了，小言言，是不是想我了？”

尹言尴尬地瞟了沈时煜一眼，忙说道：“好好说话！我给你发的微信你看了吗？”

“你不是在武馆里嘛，还可以这么豪华？”

钟傲天对她身后的背景很好奇。

“不要废话了，信号断断续续的，快回答我。”

“嗯，招标公司的控股人叫沈凝，这个名字我好像在哪儿听过。”视频另一端的钟傲天摩挲着下巴疑惑道。

“沈氏集团的副董事。”

一直冷眼旁观的沈时煜淡淡出声。

尹言不解地看他，只觉得他周身的空气突然凝结成霜。

沈氏集团？

尹言心下一凛，将之前所有的事情联想起来才发现这简直就是要赶尽杀绝不留一点活路啊。

“对对对，这个女人还进了福兰市富豪榜排名前十，最新一期的财经杂志就是以她为封面啊。”钟傲天一副神往的模样，突然，他像是发现了新大陆，视频里的他怒目圆睁，“你身边怎么会有男人的声音？”

尹言揉了揉快要被震破耳膜的耳朵，歉意地冲沈时煜露出尴尬又不失礼貌的微笑，开始反思找钟傲天帮忙到底是对还是错了。

“你差不多得了！”尹言没好气地喝道，“我要你查路线，你查人家公司的控股人干吗？”

“对这种成熟女性总是无法不想了解啊。小言言这是吃醋了吗？”钟傲天笑得好不暧昧，做作地对着镜头抛媚眼。

“我吃你个大头鬼啦。”

钟傲天对着镜头理了理乱成一窝的头发，一改之前的嬉皮笑脸，突然认真道：“我求了经理好久他都不向我透露你这次出任务的详细资料，你这次怎么去那么久？”

尹言无奈地腹诽：当这个小保镖真是不容易啊，本来是一路保障沈时煜的安全将他平安送达福兰市就可以了，谁知如今……

见她不说话，钟傲天接着说：“沈氏集团这次拿下了好多招标项目和投资，最近在这位女强人的运作下，股价一路飙升，颇有当年沈老爷子的风范。哦，对了，你这次任务的雇主就是她。”

听罢，尹言不由得大惊。

堂堂沈氏集团财大气粗的副董事，居然只付那么一点儿的雇佣费，而龙经理当然也只得派同等价位的她来执行任务了。

龙经理当然看不上这点钱，虽然对方是鼎鼎大名的沈氏集团，但出的费用如此低，想当然地以为是什么不重要的人，合同内容也相当随意。而她也是出发前在龙经理的办公桌瞟到几眼，为此，她还狠狠掉了两包泪。

“可是，这位副董一边请保镖（虽然是菜鸟级别）保护沈时煜，一边又派杀手来杀他，这个操作真是令人看不懂啊。”钟傲天感慨道。

“有钱人的世界你不懂啦。”

尹言摆摆手，套用沈时煜的话，实则也告诉自己，有钱人的世界真的很难懂啊。

“你肯定不懂啊，”钟傲天甩甩额前飘逸的刘海，“因为你根本没有跟上流人士接触过啊，哪像我……”

“再见，总有一天我会超越你。”尹言狠狠立下誓言，然后毫不犹豫挂断了视频通话。

尹言说完才想起沈时煜还在一旁，她窘道：“沈掌门……”

虽然钟傲天自恋又自大，但他业务能力极强，除了嘴巴贱一点，其他各方面都拔尖，对她这个初入职场的小菜鸟还是挺有耐心教导的。

这也多亏了她有个漂亮的闺蜜，要不是她不断地给钟傲天提供闺蜜的“情报”，他这个热衷于霸占公司所有排行榜第一位置的狂魔会理她这块小饼干？

沈时煜一言不发，给了她一个意味深长的眼神后将沙发和床之间的屏风加帘子拉上了。

没错，虽说尹言是沈时煜的私人保镖，但毕竟男女有别，多半也会有些不适宜的地方。

“呃，沈掌门，你是要睡觉了吗？”她冲着那个正要躺下的模糊身影扬了扬手机，“钟傲天把图发过来了，你要不要看看？”

“不用。”

真是简单干脆。

尹言撇了撇嘴，只得将主灯关掉，只留一盏小小的照明灯方便看图。

她打了个哈欠，一头栽进了研究中。

尹言从未想过自己有一天会这么用功，这架势比当年头悬梁锥刺股考资格证都有过之而无不及。

不知过了多久，她转了转快要僵掉的脖子，望向床位的方向，无奈地耸耸肩，将桌上所有的材料整理好。

那沙发上的枕头仿佛有魔力般，她一倒下便困得睁不开眼了，不多时，便传来轻微的鼾声。

黑暗中，一双黑白分明的眸子缓缓睁开，沈时煜就着照明灯的亮光看向沙发的位置，视线透过厚厚的帘子，仿佛看清了某个人般。

他转过头，静静地看着天花板，只觉得胸腔内有股无名的火焰熊熊燃烧。

他似乎是恼怒自己的情绪不受控制，也似乎是在恼怒其他……

第六章 尹哥纯爷们，铁血真汉子

天空湛蓝，耀眼的阳光刺得尹言睁不开眼睛。

尹言因昨晚睡得太晚，导致日上三竿才醒过来，她急忙梳洗一番后才发现沈时煜早已整装待发地等着自己了。

熬夜梳理好的图纸被他拿在手上，虽然他神情依旧冷淡，但对于尹言来说能帮助到他还是很开心的。

不然，谁会吃饱了没事干要将一个东西放在这险峻异常、人迹罕至的荒山里，还美其名曰“宝藏”？

是嫌生活不够刺激，还是想以此满足自己的恶趣味？

一路跋山涉水、披荆斩棘，此刻靠在青苔遍布的巨石上休息的尹言道：“沈掌门，我觉得，以你的聪明才智，不像是会被耍得团团转的人啊。”

沈时煜慢慢仰起头，汗水不断地滑落，他开口道：“乐在其中你懂吗，你这个没有追求的人！”

人与人之间还能愉快地沟通吗？

尹言吞了吞口水，继续说道：“你和钟傲天想的一样啊。”

尹言虽然迟钝，但并不傻，她猛地想起眼前这个人不喜欢和他人比较，这或许是男人的通病。

她微带歉意地说：“那个，沈掌门，我不是故意要将你和他比较的，我这个人有时候比较直。”

沈时煜抬头看了一眼空中缥缈的云朵，声音低沉，听不出一丝波澜：“不，没有对比就没有伤害，跟他比我才能知道我就是大佬。”

尹言给了他一个白眼。

她决定将心里那一点儿愧疚感拿去喂狗。

“进去吧。”他收回视线，注视着那阴森森的洞穴。

沈时煜说得对，最危险的地方最安全。

以藏宝人奇葩的脑回路来看，既然想来个丛林探险，那么只能将那东西藏在最不可能的山洞里。

那山洞洞口矗立着一块巨大的峻岩，令人望而生畏。四周怪石嶙峋，石缝里的植物朝四面八方生长开来，层层叠叠，枝条不堪重负垂在杂草丛生的地面，没有任何人踏过的痕迹，只能从接近身高的灌木丛里一步步摸索向前。

两人步入山洞，一股诡异的风呼啸而过，寒得彻骨。石壁缝隙间是密得不透光的苔藓，单是站在山洞就不自觉地脊背发凉，令人战栗。

洞内漆黑一片，阴风阵阵。

尹言走着走着，口水吞了又吞，整个人不自觉地朝沈时煜那边靠了靠。

越往里走，越是安静得让人毛骨悚然，连风声都没了。

尹言只觉得心脏剧烈跳动，随时都要从喉咙里跳出来般。她借着手电筒的微弱光线，半眯着眼观察着四周。

“啊——”

尹言惊恐地尖叫一声，叫声响遍整个洞穴，形成刺耳的回音。

那声音钻入沈时煜的耳朵，他的手臂突然传来温热感，回过神才发现是尹言紧紧地抱住他，她颤抖着伸出手指指向洞壁。

朦胧的亮光下看不太真切她的脸，但眼前的人仿佛全身心地信任他、依靠他。

沈时煜那已平淡如水的心，忽然在这一刻微微荡漾起来。他压低声音，因此显得有些喑哑：“嗯，我在。”

他借着手电筒的光线，朝着她指的方向看去。

洞壁上赫然刻着各种形态各异的神怪鬼魅，个个都瞠目龇牙，骇人万分。

再往下看，是一排刻得整整齐齐的楷体字：欢迎来到藏宝洞。

“不过是一些噱头罢了。”

他低下头，看着还兀自颤抖的尹言。

“不要怕，不要怕，什么东西都没有……”她一边安抚自己，一边恐惧地睁开眼。然而，眼前的这一幕，让她不禁倒抽一口凉气，“沈掌门，我……”

她发现自己居然抱着沈时煜的手！

这简直比那壁上的画还令人毛骨悚然啊！

这一刻，地下若是有个洞，她二话不说立马将自己埋进去。

见她猛地跳开，沈时煜的脸不自觉紧绷了几分，随即淡漠地别开脸，一言不发地向前走去。

尹言一想到刚才发生的事，就心有余悸，再不敢靠得太近，也不敢离得太远，只得不紧不慢地跟着。

洞中时宽时窄，宽的地方可容几十人，窄的地方一人也得侧着身子才能通过。

就这样反复侧身经过洞壁不下五次后，他们终于意识到了不对劲。

尹言默默地看向沈时煜，只见他微蹙着双眉，似在沉思。

“我们这是……被困住了？”尹言问。

“嗯。”他环顾了一下四周，眼前熟悉的壁画提示着这场景重复了数次。

沈时煜将手电筒高高举起，在看到不远处那些奇形怪状的小石墩后，心里这才肯定了刚才的想法，说道：“这是六星八卦阵。”

那些小石墩摆成两组等边三角形，以相反方向交叠在一起，形成了一个六角星的方阵，这是宇宙能量的符号。

尹言不由得佩服沈时煜的博学多才，她不是藏得住话的人，所以，不由自主地说出心里所想：“沈掌门，你真是见多识广啊！”

沈时煜挑了挑眉，慢条斯理地指着石墩上方的石壁，淡淡道：“这里写了。”

“……”

尹言又在心里狠狠扇了自己无数耳光……叫你多嘴，叫你多嘴……

沈时煜当然猜不到她此刻所思所想，但见她一脸生无可恋的表情，心情莫名有些愉悦。

尹言满血复活后，开始分析目前这个局面。

对方将阵法名都写上了，提示来人应该往哪个方向破解，显然是放水之举。

所以，她理所当然地认为破解阵法不会太复杂。

“这个，你会解吗？”尹言问。

沈时煜沉思片刻，摇摇头，说道：“不会。”

尹言急了：“那我们就走不出这个阵法了呀。”

她在小石墩里穿梭着，寻找可疑的地方。

“你不是懂风水吗？”沈时煜问道。

“可我不懂怎么破解阵法呀！”尹言白了他一眼。

沈时煜沉默不语，眼睛直直地看向前方。

许久，就在尹言如无头的苍蝇急得团团转的时候，她听到沈时煜清冷的声音响起：“走吧。”

沈时煜说着，从方阵图旁侧身绕过，从容不迫地继续向前走去。

尹言虽然充满疑惑，但目前别无他法，只得赶紧跟着。

在重复了两次相同的路线后，直到看见前方有一大片绿茵茵的青藤直垂下来，遮住了前进的路时，尹言这才意识到，他们真正从阵法中走出来了。

被青藤遮住路的石壁上长满了青苔、野蒿和茅草。

沈时煜面色冷峻，他伸出的手即将触碰到青藤时，被尹言一把拦下：“等等，万一有诈……”

熟悉的温热感从手臂上传来，沈时煜淡淡地瞥了她一眼，不着痕迹地抽出袖子，用另一只手拉起青藤，然而那触感让他一愣——青藤是假的。

这片盘旋着的塑料材质的青藤，是被人用铁丝缠绕在石柱上的。

他眼神很专注，面色平静，眼底无波澜，只是视线一直停留在青藤的中央。

尹言看不透沈时煜要做什么，只得站在一旁静静等待他的动作，不敢轻举妄动，以免造成不必要的麻烦。

就在她看着他的侧颜微微出神的时候，他突然转头，四目相对，两人都有一秒的愣怔。

随即尹言慌乱地移开视线，她咳了咳，掩饰着不安分的心跳，问道：“发、发现了什么吗？”

“嗯。”他回过头，目光幽深复杂地将青藤中央被铁丝挂住的信封取了下来。

这是一个泛黄的老式信封，显然尘封已久。

沈时煜不假思索地将信封拆开，抽出里头同样泛黄的信纸抖了抖摊平。看了内容后，他只觉得最近自己的忍耐力真的好到了极致。

看着沈时煜握紧的拳头和额角突然冒出的青筋，尹言就觉得信上的内容一定不会多么正经了。

尹言接过信纸，头一次觉得自己的预感实在是太准确了。

亲爱的吃饱了没事干的沈氏后人，井底密室还有这乱摆的六星八卦阵有没有让你不明觉厉的感觉，恭喜你成功得到了宝藏的秘密。其实你们在疾风馆的正殿里找到的那双草鞋便是“真正”的宝藏，草鞋是我当年和沈老爷子沈在天一同行军的纪念，也是我们友情的见证。对我老周来说，宝藏的意义不在于有多值钱多耀眼，而在于要有勇于探险的真心。当年我借给沈老爷子一百大洋创业，没想到他趁我周游世界时，不仅闷声发了大财，还娶了我的女神。不过，我看在我女神过得幸福，沈氏集团日益壮大的分上，我就勉强原谅了他。但我还是想整整他，于是我来到疾风馆，一边修行，一边秘密打造密室游乐城，等哪天沈在天的儿子或者孙子来找我的时候可以狠狠耍其一把，以报夺爱之恨。可是开发的时候，我在这里遇到了我的真爱，我要追随她去国外了，游乐城的开发也就无所谓了。这双草鞋是我和沈在天的秘密约定，有过历练的人才会找到这封信，其实并没有什么作用，就是一个精神寄托，告诫你们饱暖思淫欲，饥寒起盗心，要珍惜当下啊。

爱你们的周老板

原来这个周老板，还有沈时煜的爷爷，才是罪魁祸首！

真是两个任性的小老头啊！

尹言心里瞬间对素未谋面的周老板和沈老爷子肃然起敬！

沈时煜恢复了往常的淡漠神情，突然冷冷地说道："出来吧。"

尹言："……"

什么意思？

出来？

谁出来？

她下意识地四处张望，却见沈时煜转身面向先前来时的通道。

没有任何灯光照明，通道里漆黑一片。

尹言见他面无表情，也不由得跟着紧张起来。

"时煜哥，你的耳力还是一如既往地好！"

一道温软的声音自黑暗中由远而近，随之又响起一阵沉闷的脚步声。

走来的女人二十余岁，一身职业散打装扮，勾勒出她完美的身材，浑身上下无一处不散发着自信与傲气。

尹言怔怔地看着，这一刻，她心里有些自卑。

有的女人，比女人还女人。

有的女人，却比男人还男人。

“时煜哥，我总算找到你了。”女人缓缓向沈时煜走去，熟练地拍了拍他的肩膀，“你怎么知道是我？”

沈时煜淡淡道：“你用的还是百合香。”

两人明显是熟识。

尹言的眼珠转了转，见他俩相视一笑，随即不着痕迹地移开了视线。

仔细看，还真是一对男才女貌的璧人呢。

“沈掌门，这是？”尹言出声问道。

“你好，我是常思，是荣耀集团的暗部成员。”常思礼貌地自我介绍。

尹言不想承认也得承认，眼前这个常思的气质，是自己可望而不可即的。

唉，同样是女人，为何差距这么大！

“你好，我是沈掌门的保镖。”她抛开无关想法，挺直了腰板保持警备状态。

杀手组织排行第一的荣耀集团她早就听过，而其中的暗部更是聚集了顶级杀手，非一般人和一般事能请得动。

常思扑哧一笑，笑颜十分动人，说道：“我和时煜哥因为父辈关系从小就认识，我们一同在训练场长大，有专门的陪练，还有各类特种训练，他身边的小圆和小离也是通过重重选拔训练才被选出来的。你呢，尊师是何方高人？”

“这个……”尹言答不出来。

“虽然目前暗部与时煜哥是敌对关系，但我和时煜哥并不是。”常思自顾自地说着，好像并不需要尹言回答。

无论尹言的回答是什么，这个常思貌似都不在意，像是在自说自话一样。

尹言总觉得哪里怪怪的，以沈时煜登峰造极的毒舌功，怎么在这个常思面前，自始至终不发一言？

女人就是这样，一旦一个不好的想法滋生，就会各种脑补、脑洞大开。

“小离，”疾风馆后院里，尹言凑近正剥着卷心菜的李存离，欲言又止，“你觉得……”

话还没说完，李存离就打了个哆嗦：“兄弟，你突然叫我小离我有点不习惯。”

“……”

是的，相处的这一段时间里，除了沈时煜，她和疾风馆另外三人成了勾肩搭背的……好兄弟。

尹言舔了舔嘴唇，还是下定了决心，问道：“小离，给我说句实话，你觉得，我漂亮吗？”

李存离手里的卷心菜“啪”地掉进水里，他偷眼瞧了瞧尹言，在看到对方眼里满满的杀气时，又若无其事地捡起卷心菜，强作镇定道：“呃，怎么说呢，我说你漂亮吧，你会觉得我在敷衍你；我说你不漂亮吧，你又会不高兴。所以，这个问题，交给小圆回答比较好。毕竟，小孩子一般不会说谎话，而且，还特真诚。”

小圆，对不起了，这个锅只能给你背了！

“也是！”

尹言摸了摸下巴，觉得李存离的话有那么点道理，正巧这时，手里提着一条鱼的小圆风风火火地冲了过来。

“小圆啊，来来来，我有事问你。”尹言喊道。

小圆肥肥的短腿及时刹住了，也许是他个子太矮的原因，又或许是他全部心神都集中在怎么吃这条鱼上，以至于他没有看见尹言身后李存离暗示他“快走，保命要紧”的眼神。

“小圆啊，小孩子撒谎可是会尿床的。”尹言俯下身笑眯眯地说。

“我早就不尿床了。”小圆满不在乎地甩甩手，却在看到她凌厉的眼神时突然变得严肃了，“你问，你问。”

“你……觉得，姐姐漂不漂亮？”

“你不丑的时候还挺漂亮的。”小圆一心想着快点将鱼腌好，内心的话脱口而出。

李存离：“……”

尹言：“……”

尹言的内心受到了一万点暴击。

她转身离去的时候，李存离和小圆皆看到了她头顶有一片正下着暴雨的乌云。

两人面面相觑：尹言是不是受刺激了？

月黑风高夜，疾风馆里，一片寂静。

“看来尹小姐将你保护得不错！”

常思在沈时煜的房里走来走去，像是在寻找什么，又像是随便逛逛。

她唇边始终扬着浅浅的弧度，整个人更显娇俏。

尹言心想，常思应该是那种任何男人见了，都移不开眼的女人。

“时煜哥，你觉得我也留在这里保护你怎么样？”常思小声问。

尹言偷偷看了看沈时煜，见他淡漠的表情没有一丝波澜，如无波的湖面。

房里的气氛一下子诡异起来，彼此的呼吸清晰可闻。

尹言受不了这种压抑的气氛，抿了抿唇，说道：“那，我出去了。”

话落，她头也不回地转身往门外走。

“你就待在这里。”

沈时煜的声音低沉清润，简短的话里却隐隐透着一股冷意。

尹言闻言，转身正好对上他锐利的目光。

沈时煜的视线转向常思，双眼毫无波澜：“常思，暗部的人在外面，你跟他们下山吧。不要给自己惹麻烦，别忘了你的任务。”

常思讪讪地摸了把鼻子，扯开话题：“你确定那个老巫婆聘请的人可以保护你？”

沈时煜眸色暗沉，不承认，也不否认，语气冷淡：“去吧。”

常思耸了耸肩，向门口走去，却在尹言的身侧停了下来。

她唇边的笑意变成了讥诮，她附在尹言耳边说道：“凭你也配保护时煜哥？”

常思说完，挺起胸膛高傲地离去了。

气氛一时之间十分尴尬，尹言扯了扯嘴角，给了沈时煜一个尴尬又不失礼貌的微笑：“那个……你……”

沈时煜目光淡然地扫了她一眼，径直坐在沙发的另一端，示意她坐下。

尹言会意地点头坐下，不明所以地看着他。

他神色淡淡道：“可以回去了。”

“嗯？”尹言有些不明所以。

她虽然有好些问题想问，但一时之间又不知该如何开口，也不知能不能问。

沈时煜抬眸睨她，见她一副坐立不安的样子，清秀的小脸上表情丰富，一会儿尴尬，一会儿纠结，一会儿疑惑，一会儿惊讶……

“我这里没有治便秘的秘方。”

尹言还沉浸在自己的世界里，思绪冷不丁被沈时煜的这句话打断了。

尹言有些蒙。

见她欲言又止，表情有些难以启齿的样子，沈时煜眸色更沉了，说道：“更没有治痔疮的秘方。”

“我便秘和痔疮都没有！”

见她抓狂的模样，沈时煜沉思片刻后，说道：“那是更年期了？”

“你才更年期，你们全家都更年期！”见他屡次在危险的边缘来回试探，尹言咬牙切齿地大吼道。

沈时煜突然想起老师父曾装作一副资深情感专家的样子，一行人在院子里，听他摇头晃脑地讲述当年在红尘中的种种经历。

老师父的话总结来说就是——不要随便惹女人。

沈时煜曾对他说的话嗤之以鼻。

想当年他还是沈大少的时候，身边的莺莺燕燕何曾少过。

沈时煜意识到思维一下跑到十万八千里外，马上不动声色地埋头假装看书，说道：“我把常思当作妹妹。”

沈时煜的话犹如醍醐灌顶，让大吼过后的尹言这会儿想把心中的郁闷都倾吐出来，于是她积压在胸腔中的话一涌而出："哦，哪个男人没有几个'妹妹'呢……"

"她是我未婚妻的妹妹！"

尹言微微怔住，一时分不清是吃惊还是其他情绪："啊？哦，这样啊……"

她垂下双眸，摆弄着手指。

"不过我未婚妻死了。"沈时煜继续说道。

尹言："……"

这巨大的信息量使她不由得浑身一震，一时不知道该说什么好。

而沈时煜的神色一如既往地平静淡然，仿佛在说着与他无关的话题。

沈时煜将尹言丰富的表情尽收眼底，沉声道："我和她统共才见三次面，第三次是准备订婚，可她出车祸了。"

在得知自己有一个素未谋面的未婚妻时，沈时煜的内心是抵触的。

不过是一桩以利益为目的、以悲剧收场的老套联姻罢了。

那时的他整日纸醉金迷，某一天被老爷子厉声喊了回去，就见到了沙发上那个坐得端端正正且淡雅如菊的常倾。

他随意扫了一眼，果然是老爷子看中的那一类型。

宜室宜家，不需要会任何技能，就算只是个花瓶，那也是个能让人看起来赏心悦目的花瓶。

那时的他对婚姻没有什么概念。

想着和谁结婚不是结，老爷子中意就行。

第二次见面，是两家人坐在福兰市装潢奢华独特的酒店VIP包间里，商量着何时举办订婚仪式。

常倾穿着一身淡蓝色的碎花连衣裙，衬得整个人温柔可人。相比常思大大咧咧毫不拘束，常倾显得更有内涵，也更当得起沈夫人的名号。

入座的时候，常倾坐在沈时煜身侧，淡淡的茉莉花香沁人心脾。

两人的交流也仅限于普通问候，再无其他。

第三次，常倾在马路对面一脸惊喜冲沈时煜挥手打招呼，快要走近他时，却被那辆横冲直撞向他飞驰而来的汽车……

尹言见他嘴唇紧抿，陷入了沉思中，一时也不敢惊扰他，轻轻拿起水杯喝了一口继而端在手里。

“司机后来被判酒驾加交通肇事罪。”沈时煜回过神，平静地说。

“对不起啊，我不知道……”

一条活生生的生命啊。虽然她没见过他的未婚妻，但可想而知，也一定是特别优秀的人……

“如果那天……”

在枯井里，劝说尹言的那一刻，他想起倒在血泊中的常倾，即使那天她是朝他身后的初恋男友打招呼，他心里却并没有半丝被背叛的感觉。

本就是半路莫名出现的未婚妻，没有任何感情基础可言。

“唉，事发突然，谁也不想……”

然后，沈时煜神色平静，说得极其自然：“我只是头上顶着一片草原而已。”

毕竟，她灿烂的人生因他而终结，他心里终究是愧疚万分的。

“……”

这年头知道自己被绿了还能如此沉着淡定，尹言不得不佩服他强大的内心。

原本该和往常一样斗几句嘴，莫名地，她的心里有点堵，不同于常思出现后的那种感觉。

灯光下，尹言握着杯子的手指逐渐收紧。她看着他锐利的侧脸，竟有丝丝缕缕疑似心疼的感觉。

尹言意识到这种情感滋生让自己浑身不自在，她深深地吸了一口气，强迫自己不能再有这样的想法了。

是嫌生活不够美好，还是嫌日子不够灿烂才会有这种自残的想法？

“不是便秘，不是痔疮，不是更年期，你为什么这样看着我？”

沈时煜从往事里回过神来，发现今晚的尹言格外奇怪，这会儿她又一副下定了决心痛改前非的模样，看来，只有这一种可能了。

“借钱没有，要命一条！”沈时煜无比严肃认真道。

尹言差点将内心的脏话脱口而出。

“虽然宝藏找到了，我们可以回去了，但……”沈时煜身体微微侧着，另一只手指指尖则在桌上轻轻敲击，似是心不在焉，又忽地眉头微拧，“目前确实还有一件非常重要的事。”

“什么？”尹言闻言，急切地问道，迫不及待想要知道是什么事。

“明天超市大减价，早点睡吧。”

沈时煜说着，丢下一旁已然石化了的尹言，径直朝床那边走去。

尹言：“……”

天刚刚亮的时候，沈时煜一个翻身，醒了过来。

他不声不响地坐起来，身上的被子滑落在腰间，属于初秋的凉意瞬间侵袭而来。

他下意识地朝沙发的方向看去，在用作隔断的屏风掩映之下，看到了影影绰绰小小的一团。

视线定格了好一会儿，他扯了扯嘴角，收回视线，复而躺下，缓缓闭上了眼睛。

秋雨悄然无声地飘落着。

空荡荡的房间里，尹言拢了拢身上薄薄的毯子，已经打了无数个喷嚏。

她来之前本以为返程会很快，没想到一晃两个多月过去了，而她带的衣服都是短袖和薄的裤子，这会儿，整个身子已经冷得如风中的稻草抖个不停。

“尹姐姐，快来呀，我们要下山了。”小圆在门外扯着嗓子喊道。

尹言想起沈时煜说今天要下山，扫了扫四周，勉强可以御寒的，也只有挂在架子上的那件青色长袍了。她不假思索地套在身上，打开了门。

“……”

小圆溜圆的眼睛瞪得大大的，问道：“姐姐，你确定要和我们做武友了吗？”

“做你个头啦，我这是怕冷。”

“你要是剪个短发，嘿，还别说，尹哥纯爷们，铁血真汉子……啊，你干吗打我？”

尹言给了他一个栗爆，咬牙切齿道：“你还真把自己当蒜了，你们这几个假武友。”

“我们已经很认真在假扮了。”小圆揉了揉头上的痛处，嘟嘴表示不满。

淅淅沥沥的小雨凝聚成雨滴从屋檐上滴落下来，尹言看了看天空密布的乌云，担忧地说：“这雨不知道什么时候才停，我们怎么下山？”

“这有何难。”小圆不以为意地指向馆外，“当初接莫靖垣的人留了辆车在这里，非常豪华哦，师兄就在那里等我们呢。”

太好了！

尹言忙拉着小圆引路。

疾风馆虽然破败，好在地方开阔。

在看到馆门口那辆高大敦实的推土机时，尹言滞了滞，心里的那层堵，又渐渐涌了出来。

第七章
三次元气人主播
在线变丑

当尹言坐在这辆四个轮子的老年车上时，她的内心是崩溃的。

说好的豪华呢？

不豪华也就算了，可空间为什么这么狭小呢，害她坐在沈时煜旁边心跳加速。

他的侧脸在拥挤的车厢里照样光彩夺目，定睛多看一会儿都禁不住呼吸不畅。

沈时煜直视着前方，突然开了口："这车不符合我的气质，我不会开的。"

尹言怔了怔，赶忙收回视线。

一定是李存离的开车技术太"辣鸡"了，她才会这么紧张！

她这么安慰着自己。

平日里走路下山，一路上走走停停也不过四五十分钟，可此时此刻因为李存离的车技，半个小时过后，车还在半山腰上缓慢行驶。

小圆开始坐立不安起来，拉下车窗后屁股扭来扭去。

“你不会是要放屁才把窗户打开吧？”李存离瞥了一眼坐在副驾驶的小圆。

“你再开慢一点，我隔夜饭都要吐出来了。”小圆抱怨道。

“安全第一！”

小圆忍不住给他一个白眼，余光突然瞥见一只从草丛里钻出来的野兔，不禁大喊：“小心！”

吱——

李存离一个急刹，车上的四人身子陡然往前倾，又重重地摔回座椅。

一阵头晕眼花过后，尹言从突如其来的震动中抬头，却发现沈时煜一手撑着靠背，身体保持着向她倾斜的姿势。

她看着越来越近的面孔，心不由自主地狂跳起来。

她从来没有这样近距离地看过沈时煜。

橘色的光落在他白皙的肌肤上，泛起浅金的光泽。他的眉毛黑而高挑，眼睛亮而有神，此刻正直直看着她。

尹言全身的毛孔大张，几乎是猛地向后仰，故作镇定地坐得端端正正，视线看向窗外的风景。

扑通、扑通……

她的心跳在加速。

尹言觉得自己的脸一定熟透了，又热又涨。

沈时煜仍保持着刚刚的姿势，片刻之后，他高深莫测地看了她一眼，随即也坐回了原来的位置。

一时间后座两人再也无话，气氛有些微妙。

只是，前座的两人依旧不亦乐乎地斗嘴，并没有注意到这些变化。

这是尹言这三个月来第一次跟着一行人来到阔别已久的市区。

纵横的街道上车水马龙，一幢幢高楼林立，一切都喧嚣得不真实，恍若梦境。

“大哥，不要搞得跟乡巴佬进城一样好不好。”一旁的小圆给了尹言一个鄙视的眼神，留下还站在原地兀自呆愣的她，径直走进了超市卖场。

“沈掌门呢？”老年车驶进市区公路后，沈时煜下车上了另一辆停靠在匝道上的SUV便扬长而去，是尹言不认识的标志，她不禁好奇地问道。

“常小姐来了当然是陪她啊。”小圆头也不回地冲向厨具用品那一块区域，“听说有秘事要谈哦。”

“你个小屁孩说得那么猥琐干什么，”李存离推着推车走了过来，“师兄这是去约会，约会懂吗？”

尹言扯了扯嘴角，正犹豫着要不要询问，这时，超市里的广播响了起来：“亲爱的顾客，上午好，十点整特价活动时间到了……”

话音刚落，小圆和李存离推着推车脚底抹了油似的冲进了生活区，同一群大爷大妈开启了你争我夺的抢购大战。

尹言看到小圆用凌波微步穿梭在拥挤的人群之中捡漏，看到李存离如泼妇骂街般怼一个中年大妈怼得人家面红耳赤、眼圈泛红，她脑海中不禁浮现出那张神情冷漠的脸——

沈时煜遇到超市大特价，也是这样子吗？

那得是多么令人惊悚的画面啊！

她抱着双臂抖了抖，驱散脑中那令人无比不适的画面，漫无目的地在超市里闲逛。

“阿嚏——”

尹言打了一个大大的喷嚏。

她这才发现自己竟不知不觉来到了百货专柜区域。

果然，长袍只能勉强御寒，即使在这人山人海的百货商场里，她也能感觉到阵阵凉风嗖嗖嗖地往脖子里钻。

随后，她目光死死地盯着挂在橱窗模特身上的那套爆款秋装，赫然一副至死不休的架势。

“这位，呃，大师？”店员硬着头皮凑了过来，上下扫描了一番尹言身上在这商场里显得分外怪异的穿着。

“啥？大师？我看起来像……”

尹言转头瞥到了试衣镜里的自己——宽大的青色长袍裹住了全身，一张脸像是早已看破红尘般生无可恋，一眼看去果真像个女道士。

她窘了，掩饰道：“我刚刚参加了漫展来不及换衣服。”

店员皮笑肉不笑地指着那套秋装道：“这可是我们店里最新款超火爆的秋装呢，只要五位数，超级符合你的气质噢。”

听到价格，尹言摸了摸自己早已干瘪的口袋，感到一阵肉痛。

好不容易上门的生意，店员当然不能让它溜走，于是发挥着她三寸不烂之舌的功力，成功地让尹言内心动摇。

特别是当尹言看到镜子里那个穿着黑色套装的自己时，一股熊熊斗志瞬间在她胸口燃烧。

“买！”

她大手一挥，店员马上乐呵呵地写好了单子并指路叫她去收银台付款。

可是当她打开口袋看到里面仅有的几张皱巴巴的钞票时，有种欲哭无泪的感觉。

正好小圆和李存离也已大获全胜，尹言灵光一闪，不动声色地跟在他们身后，悄悄将衣服的单子塞给了收银员。

“什么？一共两万九？就这么点蔬菜大米而已，你确定没有弄错？”

小圆和李存离同时叫出了声。

小圆甩了甩肉嘟嘟的脸，眼中闪出了杀意。

没错，就是杀意。按照他的话来说，两万块可是他们一年的伙食费。

李存离终于发现端倪，指着收款单据，道：“衣服？我们

什么时候买了衣服？”

“咳咳！”尹言若无其事地拿过小票，神态自若道，“这不是要换季了，没衣服穿嘛，我的私房钱都被沈掌门压榨光了，你们先借一点儿钱给我？”

“没衣服？那你现在是裸奔吗？”小圆惊呼道。

尹言：“……”

李存离见她一脸便秘般的表情，无可奈何地摊了摊手：“买倒是可以买，可是我们还稍微差点钱！”

闻言，尹言觉得有戏，随即应道：“差多少，我手机里还有……”

“差两万九千六百三！”

两万九千六百三、九千六百三、六百三、百三、三……

李存离的声音仿佛变成了紧箍咒，在尹言耳边回荡。

“差两万九千六百三叫稍微差点？”尹言惊呼。

“作为武友，我倒是可以捐助你一点。”小圆呆头呆脑地从身上拿出三个硬币，煞有介事地塞到尹言手中，“这两块五是我攒了半年的私房钱，要不是看在同为天涯沦落人的分上，我会算上利息。”

“我真是感动得快要痛哭流涕了。”尹言嘴角抽搐。

“哎，外面的世界很精彩，外面的世界很无奈。”

小圆吹着口哨哼着歌，付过那些生活必需品的账后，冲尹言摊手耸肩，一副爱莫能助的模样。

而一旁的李存离也仰头望着奢华的天花板，他脸上似乎写着四个大字——无能为力！

尹言咬了咬牙，问道："如何在不违法的情况下快速赚钱？"

李存离眼睛一亮："跟我来！"

尹言此刻的心情无比幽怨，却也不得不感叹赚钱的不易。

此刻她坐在某个公园的角落里，看着小圆架起支架摆上手机，李存离布好光圈。

"我要做什么？"尹言问。

有些路人对他们投来好奇的目光，令她有些难为情。

李存离见她一副扭扭捏捏的样子，说道："再不买衣服，你就可以去跳老年迪斯科了！"

这句话就像给尹言打了一剂强心针，瞬间激得她充满雄心斗志。

于是，她任由李存离拿出随身携带的工具，在脸上涂涂画画。

"这年头的主播美颜磨皮一开哪个不是貌若天仙，美得雷同。我们今天来个特别点的，丑得别致，这样我们更胜一筹！

"来来来，走过路过不要错过了啊，今天我们直播如何变丑……"

丑得别致？变丑？

听到小圆在一旁唾沫横飞地讲解，尹言不由得凑近镜头一看，一张粗眉、小眼、血盆大口的脸霎时出现在屏幕中，再看那直播间的名字——“三次元气人主播在线变丑”。

尹言：“……”

这哪是更胜一筹，分明是更胜一丑！

她心里抽搐着，却在看到屏幕上不断打赏的小红心和各种礼物时，不得不压下口中的芬芳，闭上眼接受现实。

“你们在做什么？”

尹言已经不知道换了多少次妆了，配合着脸上各式各样的脸谱不停做着搞怪的表情，直到整张脸都快要僵掉时，一道低沉略带沙哑的声音才传来。

她抬头的同时，正对上沈时煜那双黑漆漆的眸子。

尹言见此，心一下子提了起来，怔在了原地。

看着那张滑稽的脸和明显被吓到睁得大大的眼睛，沈时煜面无表情地走了过去。好巧不巧，他那棱角分明的侧脸从镜头前一闪而过，原本平静的直播间突然沸腾起来——

“哇！刚刚那个大帅哥是谁？”

“要死了，要死了，我刚刚看到了什么？他是哪个明星？怎么会这么帅？”

“三分钟，哦不，一分钟，我要刚刚那个帅哥的全部信息。”

“啊啊啊……刚刚那个帅哥呢？我们要看他！”

……

一时间，整个留言区被诸如此类的评论刷爆了。

“哇！师叔，你这无意中露脸，就这短短几秒钟的时间，平台就爆了。”

小圆看着满屏的小红心目瞪口呆。

尹言回过神来，胡乱地用袖子擦拭着脸，没想到适得其反，各种颜色混合在一起，使得她的脸更显滑稽和搞笑。

特别是在看到沈时煜身后那抹越来越近的黑色身影后，尹言顿时窘迫得手足无措。

“尹小姐，没想到你还有这种爱好！”常思漫不经心的口吻在尹言听来就是赤裸裸的嘲讽，“可是你这种无意中的举措，让时煜哥暴露了。老巫婆的五十万赏金令已经发布了出去，谁先带他回去，谁就能得到这个酬劳。这下好了，全世界的人都在找他，你们可有得忙了！”

闻言，尹言浑身一颤，转过脸，从屏幕上都可以瞧见自己恐慌的表情，身侧的李存离和小圆更是低着头不敢吱声。

“这个，谁知道师兄会卸下面具……”李存离小声嘟囔着，却还是被耳尖的常思听见。

“凡事没有一万也有万一……”

一言不发的沈时煜突然伸手打断了咄咄逼人的常思，他也不去看站在身后的尹言是什么神情，只淡淡地扫了其他三人一眼，便径直走在前头，冷冷地说：“走吧。”

尹言被阳光刺得太阳穴有些疼，眉头当即皱了起来。

心里的那层堵压得她有些透不过气，她反复地问自己这是怎么了，为什么这么滑稽的自己展示在沈时煜面前让她觉得难堪，为什么看到他和常思站在一起心里会不舒服……

然而，没有任何答案。

她敏感地察觉到自己对沈时煜有了某些不一样的情感，左右着自己的情绪。

她垂着眼，默不作声地站了起来。

“哎呀，你别放在心上啦。”小圆抽出纸巾递给尹言，“常小姐这个人就是爱大惊小怪，说话不留余地。”

一旁的李存离道：“哎哟，小圆不错哦，你现在说话越来越有水平了。”

“那是当然，我可是文武双全的奇才。”

尹言默默听着两人拌嘴，紧随其后。

换作平常，三人在路上一定是打打闹闹，然而眼下就连迟钝的李存离也察觉到了不对劲，便放慢了脚步，试图安慰看起来情绪低落的尹言。

“你在伤心吗？”李存离一再打量着她，脸上有些迷茫。

尹言愣了一下，煞有介事道：“对，我在伤心。”

李存离疑惑地看向她。

“你们用的是沈掌门的账号登录的直播间，我要怎么把那些打赏的礼物换成钱？”尹言继续说道。

李存离：“……”

这真是一件值得伤心的事。

当初上街头卖艺为了收钱统一，各个 APP 用的都是沈时煜的账号登录，密码也只有他知晓，如今你想要从他的账户上分钱……

尹言和李存离默契地对视了一眼，纷纷摇了摇头，露出“我太难了”的表情。

李存离看着原本停着老年车的地方，如今空无一物，一脸蒙。

“我就说吧，你那是违章停车！”小圆愤愤道，“现在我们回不去了！”

“那也叫车？”常思扑哧一笑，掏出手机打了个电话，不多时，先前那辆不知名的车便停在众人面前。

尹言这才后知后觉，原来先前沈时煜坐的是常思的车。

车有了，那么唯一的问题来了。

除了司机还能坐四个人，可此刻却有五个人，看常思的架势，分明是要跟着去疾风馆的。

还未等沈时煜开口，李存离和小圆就眼疾手快地拉开车门钻了进去。

尹言见状，拢了拢身上宽大的袍子，正要给自己台阶下，让他们先去，自己打车回，下一秒，沈时煜拉开车门将常思推了进去，并关上了车门。

“你们先走。”

司机显然是熟识的，听了他的话，挂挡踩油门的动作一气呵成，扬长而去。

尹言蹙眉不解地仰望着沈时煜：“沈掌门？”

“明天我们出发回福兰市。”

沈时煜没头没脑地扔下这么一句后，就转身朝着商场里走去。

尹言愣了一下，跟在他身后。他没有回头，却也没有加快脚步。

“沈掌门，”她小跑上前，叫住他，“我们明天回去？是刚刚……”她有太多的问题想问他，却一时不知道该问哪一个比较好。

沈时煜的目光扫过尹言因先前擦拭用力过度而有些微红的脸，眼尾还有一条淡淡的画笔痕迹。他右手微微抬了抬，又不着痕迹地放下。

他目不转睛地看着她，平静地欣赏她脸上越来越浓的疑惑，问道：“你也加入了他们的二人转？”

“哎呀，你不要转移话题。”尹言着急道。

“你这样子不去跳二人转有些可惜。”

好想给他来上一拳是怎么回事？尹言咬着嘴角，发觉自己越来越有耐心。

沈时煜见她一副急得快要跳脚的模样，冷峻的面容泛起一丝笑意，稍纵即逝。

他不急不缓地走进商场，径直来到先前尹言看中衣服的那家店。

此时的沈时煜又戴上了那层丑丑的面具，所以店员看到他时，一如往常一样蔫蔫地瞥了两人一眼，并未起身。

沈时煜淡淡地瞥了店员一眼，从衣架上的第一件衣服开始指，边指边说："这件、这件、这件……"

店员一听，立马像打了鸡血一样，热情地跳了起来，将他指的衣服一一装进购物袋里。

直到四大袋子全都装得膨胀爆满，沈时煜这才停了下来，他的视线锁在尹言之前看中的那件衣服，冷冷地说："除了这件，其他全都不要。"

尹言："……"

店员一口气没缓过来，差点离开这个美丽的世界。

在店员火冒三丈的目光还未将他俩吞噬之前，尹言赶紧拉着沈时煜离开了商场。

"你完全是在搞事情！"尹言边走边埋怨道，"能做点人做的事吗？"

"作为我的保镖，你不要穿得像个唱大戏的。"沈时煜嫌弃地说。

尹言心想，你们整天穿着长袍，连生活方式都跟不食人间烟火似的，我有说什么吗？

突然想到沈时煜怎么会知道她喜欢那件衣服时，尹言一时

语塞。

难不成那时他就在身后？

她这么想着，心里莫名升起一抹感动来。

“小圆说你在那条大妈款的裙子面前挪不开腿，不买就绝食的那种。”

沈时煜盯着她，眸光沉沉。

尹言调整了一下呼吸，决定不再理会他。

没有车，他们就这样往回走。

也幸好两人穿着同样的长袍，尹言脸上的妆容没有完全洗干净，而沈时煜戴着面具，两人走在路上也并未引起多大的注意。

毕竟这年头，coser（网络角色扮演者）越来越多，大家也都不足为奇了。

“沈、沈掌门……”等车途中，尹言绞着手，歉意道，“你是、是因为不小心入了镜头，所以才……”

“不是。”沈时煜依旧是温凉平淡的嗓音，若有所思地看着前方，“只剩八天时间了，我不能让疾风馆被铲平。”

“可是沈凝已经下了赏金令，她……”尹言有些不解地问道。

“为什么要把这五十万白白让给别人？”沈时煜认真道，“我亲自送上门，这样五十万就是我的了。”

“……”

说得好有道理，尹言竟无言以对。

还好，她毕竟跟沈时煜相处了这么长时间，对他特立独行的思维方式和言行举止都已经习以为常了。就算他哪天在万人眼前跳着二人转或者身着女装娇羞地跟她说其实他是个女的，她也不足为奇。

尹言深深吸了一口气，默默收回自己的愧疚感。恰巧这时车到了，她头也不回，自顾自上了车。

天色还未全暗，落日的余晖洒在整个疾风馆中。

尹言站在和来时一样没有任何变化的大门边驻足不前，墙边停着的那台挖土机占满了视野。

挖土机的出现加速了沈时煜的行动，当他说出明天就回福兰市这个消息时，尹言清晰地认识到，任务就要结束了。

她望着沈时煜高挑冷峻的背影微怔了片刻，直到他转身微微蹙了蹙眉看着她，她这才跟了上去。

终于要摆脱这个奇葩了，真是值得庆祝。

事实上，疾风馆的三人早已准备好了庆祝宴。

“你问常小姐啊？老身夜观星象，掐指一算，早已算出今夜是个不眠之夜，所以将她打了出去。”尹言回来没见到常思，老师父这样回答。

“老师父，这不太好吧？”尹言白了他一眼。

“年轻人能不能不要这么虚伪？难道此刻你心里不是乐开

了花吗？”老师父心下了然地说。

尹言撇了撇嘴，不置可否。

她问过小圆才知道，原本常思是要跟着他们一起回疾风馆的，后来半路上被一通电话叫走，所以在疾风馆并没有见到常思的身影。

尹言怕耽误明天的行程，先回房间里收拾行李。

她轻轻推开沈时煜房间的门，里头光线暗淡，一室清冷。

她打开灯，发现沈时煜已不知何时将这里收拾干净，高高的黑漆木书架几乎全空，一旁矮几上的文件柜也是空的，偌大的屋子，显得有些空落落的。

桌上散落着几张草稿纸，尹言稍作整理后，塞进了自己的行李箱里。

那上面有沈时煜的笔记，他的字苍劲有力，尹言给自己找了个理由——可以拿回去临摹，就当无聊时打发时间好了。

一番收捡后，她推开门走出房间，却是一怔。

她一抬眸，就跟站在门外的沈时煜清冽的视线对上了。

四目相对。

他缓缓将手中的果汁递给她，转身向院子走去。

等到李存离他们将东西全部摆在院中时，天已经全黑了。

桂花香正浓，院子里的树叶却已经泛黄变成了枯叶落下，又逢天气渐凉，老师父早已折了许多枯枝落叶在桌子不远处生起了一小堆火。

许是因为中秋节快到了，今夜的月亮格外明亮。

月光洒满了整个庭院，一切都显得自然、轻松、悠闲。

“来来来，嗨起来，嗨起来！”

见两人一前一后地来了，李存离突然跳起来吆喝道。

尹言应了一声，笑着朝他们走去并坐好。

桌上很热闹，大家全无拘谨，回忆着疾风馆里发生的趣事，还讲着下山卖艺的糗事，大伙儿都听得哈哈大笑。

尹言也含笑看着他们，时不时插上两句，气氛格外好。

而沈时煜只安静地坐在一旁，神色淡淡的，看不出在想些什么。

这时，李存离将袋子里的东西尽数倒在桌上，除了小圆外，其他人面前都被放了好些啤酒。

“喝吗？”沈时煜低沉的嗓音传来。

尹言愣了一下，迟疑地看着沈时煜，却见他正面无表情地看着自己。

她也就呆了那么几秒，李存离就已经抢先将她面前的啤酒打开了，说道：“扭扭捏捏像什么样子，明天我们就要各回各家了，下次再见也不知道什么时候。来！喝！”

见尹言还是没动，李存离一屁股坐回自己的位置，晃着酒瓶感叹道：“哎，这三年过得真快啊！好不容易适应这种与世无争的生活，又要回到那充满尔虞我诈的都市去了。”

尹言悄悄瞥了一眼身侧的沈时煜，心头叹息一声：他也不容易。

沈时煜淡淡扫了尹言一眼，对李存离说道：“你和小圆守在这里，不然我一走，这里会提前被铲平。”

小圆原本欢快地喝着酸奶，听到这话瞬间石化了：“这是祸从天上来？”

然后，就听到李存离和小圆哭天抢地地讨伐苍天不公的哀号。

“来，为我们接下来渡劫的日子干杯。”

李存离抹了一把辛酸泪，将一桌的酒瓶皆碰了一遍。

尹言正要拿起面前的啤酒，只见身侧的沈时煜将手里的啤酒一饮而尽。

气氛顿时高涨起来。

老师父本就酷爱饮酒，有人对饮更是兴奋。

一时间，桌上你来我往，你推我搡，地上堆积了好些空啤酒瓶。

沈时煜一直安静地坐在尹言旁边，不苟言笑的眉眼间偶尔闪过稍纵即逝的笑意。尹言看得出来，这样平凡而随性的时光令他很放松，也很愉悦。

她心头动了动，喉咙处忽然涌上一股苦涩的滋味。

她本不是矫情的人，只是这种感觉太难受了。

想着想着，她的胸口愈加闷了，抬手便将啤酒一饮而尽。

老师父此时正与李存离杠上，两人正划拳划得不亦乐乎，并没有工夫来理会她。而沈时煜意味深长地看了她一眼，若无其事地将手边的啤酒打开后递给她。

“白天你问我怎么回去？”沈时煜问道。

“你不是没回答我嘛。”一瓶啤酒下肚，酒劲就有些上头，尹言不但舌头大起来，连胆子也跟着大了起来，“你们这些有钱人的背后真是一部狗血剧啊，霸总后妈追杀我，哈哈哈，这名字是不是很贴切？”

酒气从她的胃里往上翻涌，她感觉头有点昏昏的，连眼前的景物都开始模糊，嘴巴却不听使唤地拼命张合。

“你真的好苦啊！”

她将手中早已空了的啤酒瓶用力向后一扔，接着又将面前的啤酒端起喝了一口，并随手抹了一把嘴：“我尹言呢，虽然没有钱，但我有咸鱼的本能啊。虽然工资可怜，但是我饿不死啊，呜呜呜……就是太穷了，来这鸟不拉屎的地方连机票都买不起，你、你要请我坐飞机！我要回去拿我六位数的奖金！我要去度假！”

沈时煜见她脸上已经有了红晕，眼神蒙眬，不禁皱了皱眉，不动声色道：“回去后，你要做什么？”

尹言打了个酒嗝，认真道：“刚刚跟你说了啊，我要去度假，然后将剩下的钱存银行里攒利息。哈哈哈，然后越来越多，这样我也能聘保镖保护我了……啊，出门带着保镖，想想就好威风。”

说罢，她伸出手来指向沈时煜，距离近得差点戳在了他挺拔的鼻梁上。她舔了舔嘴唇，看着他，说道：“等我有钱了，我一定要聘你来当我的保镖，还要打杂的那种！”

而沈时煜任由她指着，若无其事地打开了一瓶啤酒递给她，随即起身向房间走去。

尹言茫然地望着他的背影，就这样呆呆地望着，脑袋里只有一个念头，那就是，他要走了，再也见不到了，两人再也不会有任何交集的那种感觉。

酒是个好东西，壮胆神物。

她吸了吸鼻子，鬼使神差地跟了上去。

等她摇摇晃晃快要走到房门口时，才发现沈时煜像是料到她会来一般早已站在门口眉目冷冽地等着她。

“你你你……”尹言已经语无伦次了。

一段路程走来，尹言早已支撑不住。要不是沈时煜及时揽住她，她差点直接就地而眠。

只是，话随着嘴里的酒气不停歇地朝外蹦，她揪住他的衣领道：“我告诉你喔，到了福兰市后，要是还有谁敢欺负你，别怕，我一定会保护你，我可是就职于……”

她还想说什么，余下的话却完全被吞噬到沈时煜的嘴里。

他将她手里的啤酒瓶顺势放在门口的窗台边，倾身将她搂在怀里，一手环住她的腰，一手托住她的后脑勺。

男人柔软的、微凉的唇，已经准确地覆在了她的唇上。

那气息清冷，仿佛带着男人独有的温度，正在入侵她的领域。

尹言不舒服地想挣扎，或许是意识到自己所做的一切只是徒劳，又或者她反抗得累了，酒意加上热血直冲头顶，她“呜呜”两声，便放松了下来。

沈时煜察觉到她的身子不断往下滑，抬起头，却惊愕地发现那个本应该与他一同沉沦的人正哈着酒气，睡得正香。

他无奈地横抱着她回了房间，轻手轻脚地将她放到床上，盯着她天真的睡颜看了会儿，不多时，便被门外隐隐约约的脚步声打断了思路。

沈时煜站了起来，脸色是清冷的，表情是平静的，就像刚才什么事都没发生过一样。

幽沉的夜色里，星光缥缈，此时已经接近凌晨，整座疾风馆也被这夜色掩盖，隐隐有风吹过，四周的树叶哗哗作响。

“少爷，我们还要在这里待多久？”李存离问道。

因太晚，小圆还在长身体的阶段，喝完酸奶早早地睡了，李存离便独自来寻沈时煜。

沈时煜看了看天色，淡淡道：“快了。”

李存离眯了眯眼，脸上的表情无不彰显着他很不满意这个答案。

沈时煜不急不缓地转过头看他：“其实……我不怎么想

回去。”

李存离扶住额头，内心充满了焦虑。

“福兰市消费水平太高了，五花八门的东西也太多，我怕我会控制不住地买买买。”沈时煜的语气淡淡的。

李存离气得差点没将手中的啤酒瓶甩在沈时煜脸上，不过还是忍住了。

他心想着，这好像不是你的台词吧，你要是回了沈氏集团还会在乎这些钱？

他又暗自哀叹这三年疾风馆的生活条件对其之摧残，才造就了如今妥妥的一个守财奴。

“那，少爷你一个人回去我们有些不放心，”李存离指了指沈时煜的房间，“感觉你正要走向未知的深渊里一样。”

沈时煜顺着李存离指的方向看了一眼，轻声道：“我自有分寸。”

沈时煜以前从没有这种想要回去的强烈欲望，现在却只想要早点结束这种茫然无知的生活，迫切地想要重新开始新的人生。

李存离看着沈时煜坚定的目光，这是他第一次在沈时煜的脸上看到这样的神情，便没再说什么。

直到坐上去往码头的车上时，尹言的头还是像炸开了一样剧痛无比。

昨夜的记忆如支离破碎的残片，东一块西一块地在她脑海中重现，圆圆的月亮、浩瀚的星空、热闹的院子，还有那香醇的啤酒。

她晃了晃头，用手指轻轻按摩着太阳穴，梦中的情景霎时撞入脑海，像是真实发生过的一样。

尹言的脸色突然变得惨白。

显然昨夜的梦并不是什么值得回味的好梦。

“太可怕了！”她哆哆嗦嗦地转过头看向身侧的沈时煜，“我做了一个噩梦。”

他正看着窗外，脸色依旧冷漠：“什么？”

尹言的脸皱成了一团，表情惊恐地说：“我梦到我吃了一条蛇！”

沈时煜面无表情地把视线收了回来，皱眉看着她，眸色似乎越发深沉。

“而且那条蛇还是活的，会动的，在我嘴里不停地翻搅，好恶心。”她心有余悸地回忆着，“我拼命地想吐却吐不出来，手脚都像被什么绑住了似的，一动都不能动。那种感觉……真是无法形容。”

沈时煜此刻的神情也十分无法形容。

“后来，那蛇好像被咽下去了。”尹言仿佛重临梦境，脸色惨白。

“……”

她以为沈时煜不信，用很认真的口吻再次强调了一遍。

沈时煜神色淡淡，看着她上下开合的唇瓣，还有那极力想表现得很真实生动又夸张的表情，随后，给了她一个意味深长的眼神便转过头去不再理她。

尹言撇了撇嘴，发现鸡同鸭讲是件很困难而又浪费时间的事。

车停在了港口前，前方是一片辽阔的海洋，海面非常平静。

大部分渔船停靠在岸边，捕鱼的人坐在船上享受着海风轻拂，很是惬意。

远处是与天交接的海平线，吹来的海风夹杂着海水的咸腥味。

小小的镇上还有这样的美景，让尹言情不自禁埋怨起了沈时煜："为什么不早点带我来见识见识？"

"见识？"沈时煜漠然道，"你难道是山顶洞人，是有多没见过世面？"

尹言："……"

于是她不再理会他，径直向沙滩那边奔跑。

怪不得人们都说，人在心情压抑的时候应该出去走走，尤其是看海，会让人身心轻松。

海边的落日，美得像是一幅画。

尹言将鞋子脱下放在一边，裤腿都被卷到了膝盖上，一会儿在沙滩上踢踏，一会儿弯腰在海水里摸摸。十月的海水虽有些凉，但完全冷却不了她兴奋的心。

“哇，沈掌门，你看你看，我挖到了一只海螺！

“哇！沈掌门，这里有一只蓝色的小螃蟹！

“快来快来，这里有好多好多贝壳！”

……

尹言回身向沈时煜报告着战果，笑得眉眼弯弯，让站在港口静默的他心情也不禁愉悦起来。

他抬步缓缓向她走去，夕阳从他背后射过来，将他的白色简装和短发都涂上淡淡一层光泽。

她的心以无法想象的速度不可遏制地狂乱跳动起来。

那副辣眼睛的面具已经被他销毁，露出了他俊朗的眉眼，惹来不少人的注目。

尹言忙转过身，生怕自己这该死的情绪暴露出来。

还好，有人打破了这片尴尬。

是一对小情侣，他们手里拿着相机和DV，犹豫了一会儿才问：“抱歉，能不能帮我们拍几张照片？”

“好啊。”这样的举手之劳，尹言当然不会拒绝。

两个相爱的人眉眼之间都是甜蜜的氛围，哪怕没有摆太多的姿势，拍出来的照片也都是美美的。

尹言眼睛里掩饰不住羡慕，轻轻拉了拉沈时煜的袖子，说道：“沈掌门，要不，我们也合个影吧？毕竟任务要结束了，就当是留个纪念。”

小情侣中的女孩接过相机时，不由得问："你们也是情侣吗？你男朋友好帅哦。"

"不是不是……呵呵……"尹言忙摆手否认。

"拍照吧。"沈时煜的黑眸凝视着尹言，神色平静淡然。

尹言一愣，脸就莫名地热了起来。

啊，她在激动个什么劲儿？

她装作很淡定、很坦然地将手机递给女孩后，向沈时煜走近了些，与他并排而立。

照片一拍完，尹言赶紧弹开了，像是有什么可怕的虫子似的。那是因为两人隔得太近，她甚至能闻到他身上清冷的气息，导致她的小心脏快要跳出来了。

沈时煜皱眉盯着尹言的背影看了好一会儿，才收回了视线。

两人向停靠船只的岸边走去，尹言一副不在意的模样，看也不看相片，只是捏着手机的手心有些微微出汗。

怎么办？她好想看看照得怎么样。

第八章

她堂堂保镖，竟然给他当炮灰！

夜幕降临，虽说不是白天享受不到阳光，可晚上更美，踩在细软的沙上，迎着海风，悠闲惬意。

轮船的汽笛声由远而近，正破浪前进，最后慢慢地开进码头靠岸。

“沈掌门，我们为什么不坐飞机，而是要等游轮呢？”尹言不解地问。

直接坐飞机它不香吗？为什么要坐时间长又麻烦的游轮？

“省钱。”沈时煜环顾大厅一圈，低头看了眼老年机上的时间，“顺便赚钱。”

尹言鄙视他之余，一时半会儿还未明白“顺便赚钱”是什么意思。

不多久后，他们上了船，随着轰鸣的汽笛声，游轮开始缓缓驶向远方。

沈时煜看了看甲板，低头附在她耳边小声道：“想要和我抢五十万的人来了。”

见尹言眨巴着眼睛不明所以的模样，沈时煜大发慈悲地再度开口：“沈凝的人混上了这艘船。”

闻言，尹言立刻警惕起来，一边仔细地观察着四周，一边问道：“你怎么知道的？”

“因为他们穿着统一的标配服装，而且都在看着我。”

沈时煜抬眸睨了那群人一眼，语气平淡，像是在陈述着一件无关紧要的事情。

尹言果然在人群中发现那群可疑的人，一个个穿得跟精神小伙似的，生怕吸引不了他人的注意。

他们正虎视眈眈地看着这边，只差没把不怀好意写在脸上。

尹言不由自主地向后退了几步，侧脸小声道：“沈掌门，你的武功应该能自保吧？”

她想起那天沈时煜神不知鬼不觉的步伐，应该不至于被打成筛子。

不过对方不下十人，要是真的和他们打起来，明显寡不敌众。

她没有多大胜算。

“你确定他们会动手？”沈时煜倚着栏杆心平气和道，“电视剧少看一点。”

好像有那么点道理！

游轮各个角落都有安保人员，稍微有些纷争他们便会靠过来，更别说打架了。

尹言保持着将沈时煜护在身后的姿势不变，突然又想到了一个问题："那……他们会不会趁我们休息的时候偷偷溜进舱房里带走你呢？"

沈时煜缓缓走到她面前，极其认真道："这个问题我也想到了，所以我只买了站票！"

尹言盯着沈时煜看了半天，确定他不是在开玩笑后，满腔的怨气突然化作乌云，沉甸甸地压在头顶。

"但是站票里包含自助夜宵。"沈时煜继续说道。

尹言神色一凛，"乌云"瞬间被弹走。她拍着胸脯，信誓旦旦道："生命不止，信念不移，睡不睡觉的无所谓，你放心，我一定和黑暗分子斗争到底！"

在疾风馆吃了三个月素食，今晚怎么也得补回来。

沈时煜望着尹言兴奋的小脸，漆黑的眼眸中隐隐有星光在闪烁。

月色下，海风吹拂着，浪花在大海中不断漂移。尽管夜已深了，但甲板上很是热闹。

有外国友人在吹拉弹唱，还有异域风情的舞蹈，更有充满神秘感的魔术表演，令人眼花缭乱。

船上配有光线强烈的射灯，照得前方海面通明，还配有各色彩灯，使行驶的船体透亮多彩。

船上悠扬的乐曲在海上盘旋，尹言特地选了个靠窗的位置坐下，欣赏着这些独特的美景，眼角余光却不时打量那群视线一直追随着沈时煜的人。

而沈时煜……

那厮正被一群花痴围得里三层外三层，如若不是他身上那拒人于千里之外的气势劝退了不少人，简直都没地方下脚了。

尹言没好气地翻了个白眼，可就在这时，“咣当”一声，整个大厅到甲板全部漆黑一片。

船员告诉大家只是跳闸了，耐心等待就行。

尹言三下五除二将手里的寿司吃完，就猛地听到“咚”一声巨响。

人群开始四下窜动起来，尹言心头一惊，凭着记忆往沈时煜那边急忙走去。

“嘭嘭嘭”数声沉响之后，她还来不及躲闪，手腕就被人猛地向下一拽，身子也顺势蹲了下来。

而挡在她前面的沈时煜的肩膀处被什么东西狠狠砸到，瞬间麻木。

麻木之后剧烈的疼痛感立即传来。

一切都发生得如此之快，他的俊脸就在离她很近的位置，那只手依旧牢牢握住她的手腕。

他回头看了她一眼，那漆黑的眼眸里，映着她慌乱不安的影子。

随后，他牵着她的手快速穿过混乱的人群，在一座两米高的空调扇后蹲了下来。

"沈……沈掌门？"

那只手按在她的肩膀上示意她原地不动，沈时煜的黑眸扫了一眼大厅，压低了声音道："别怕。"

尹言愕然，怎么也没想到他会这么说。

她的心跳得厉害，尽管没有灯照明，她还是点了点头。

他倏地松开了她的肩膀，身体也往后退了一些，暂时拉开了与她的距离，只是依旧保持着将她护在身后的姿势。

尹言一时间如释重负，可被他牵过的手还有被按过的肩头，似乎有一种说不出的触感残留着。

"咣"一声轻响，船上的灯光霎时亮了起来。

船员出来解释刚才的巨响是因为灯管炸裂，现场一片狼藉，到处是灯管碎碴儿。

尹言凭着职业的敏感度，觉得这一切发生得太巧合了，明显是有人刻意而为，用脚趾想也知道肯定是那群人做的。

大厅里开始有人嚷嚷着要求赔偿精神损失费的，还有被碎碴儿砸中的人叫着找船医的。

尹言赶紧站起身来，却发现那群人还在原来的位置，只是个个都背对着他们若无其事般聊着天嗑着瓜子。

"沈掌门，"尹言转过头来看着坐在地上的沈时煜，却发现他有些不对劲，"沈掌门，你……"

只见他左肩衣服那一块已经被鲜红的血渗透，伤口上赫然插着一片尖锐的碎玻璃，正不断往外冒着血。

尹言一下慌了起来，可看到沈时煜强忍的侧脸时，她压下了内心的慌乱，忙叫来安保人员。

“免费的住宿它不香吗？”

沈时煜好整以暇地坐在病床上，顺便调整了一个舒服的姿势。

尹言的白眼快翻到了天灵盖上：“所以，你是故意的？故意不避开？”

“差不多，”沈时煜悠悠道，“只是我不想躲。”

她决定收回方才那些该死的担忧。

她承认，当看到沈时煜额角的冷汗和强忍着痛意的脸时，她在紧张他，然而这厮却完全不把伤势当回事。

“抱歉，沈掌门，是我没有保护好你！”一码归一码，尹言低着头，小声说道。

尽管她越来越明白自己的心意，但她不能忘了自己此行的任务和身份。

沈时煜转头看着尹言，没有开口说什么，他的脸上看不出什么表情。

那种时候，他的身体本能地做出了反应，冲在她前方，替她抵挡一切。

奇怪。

“你还不睡吗？”尹言问。

“我怕我睡不着，更怕我睡着了会醒不来。”沈时煜淡淡地回道。

充斥着消毒水味的医务室里，隔绝了外头一切的喧嚣。

游轮继续向着大海另一端行驶，客舱的人也陆陆续续熄了灯准备进入睡眠。

尹言缩在小小的沙发上不停变换姿势想找一个舒服的位置：“沈掌门，你快睡吧，有我守着呢！”

其实，她想问问他伤口痛不痛，却见他正闭目养神，便将嘴边的话咽了下去。

游轮上的一夜相安无事，只是，尹言没想到分离会来得这么快。

码头上穿着西装的男人整齐地站成一排，沈时煜踏上连接板时，领头的一个穿灰色西装的男人站了出来。

“少爷，欢迎回来！”

然而沈时煜并不理会他，只是目不斜视径直往前走。

尹言正要跟上去，却被穿灰西装的男人拦住：“抱歉小姐，闲杂人等禁止向前。”

他态度恭敬，宽厚的肩膀正好挡住了她的视线。

尹言寻思着这整个码头都被灰西装的男人承包了不成，下意识地退后一步，看向沈时煜的背影。

只是他并没有回头，连一个眼神也没有，在灰西装男人的搀扶下上了一辆看起来很高端大气上档次的豪车。

这一切发生得太快，快得让尹言觉得有些诡异。

果然，在看到那辆车扬长而去时，她在人群中看到了倚靠在围栏上，笑得人畜无害的莫靖垣。

他慢悠悠地走过来，眨着妖孽般的桃花眼，说道："走吧，可怜的小保镖。"

尹言连忙道："你这样叫我，未免也太恶心了。"

莫靖垣耸了耸肩："可是你现在的样子看起来真的像被抛弃了一样。"

一阵风恰巧应景地吹过，两片不知道从哪吹来的落叶冷冷清清地飘落在眼前，倍显凄凉。

尹言窘了。

确实是……有那么点令人难以接受啦!

这沈时煜是什么意思?

把他送回来了就翻脸不认人了?

最起码……酬劳也要结算一下吧!

她不禁在心里腹诽。

见尹言一脸纠结的模样，莫靖垣扯了个笑脸："欢迎来到福兰市，我先带你参观参观。"

晚秋的福兰市，气温逐渐下降。

这几天跟着莫靖垣混吃混喝才终于适应了大城市的快生活节奏，让她恍如隔世。

尹言接到沈时煜的电话时，就知道那些属于疾风馆优哉游哉的日子彻底结束了。

沈氏的商业写字楼，伫立在繁华的市区，充满了钢筋混凝土的气息。

人事部外面的走廊几乎被穿着正装的应聘者占满，沈氏每年只对外招聘一次，少说也有近千人投了简历，此时留下来的都是通过层层筛选过的，然后才有资格进行终审的面试。

从这足足有一百多层的高大建筑的透明玻璃窗望出去，只看到蓝天和白云，尹言不禁咋舌。

尹言深吸了一口气，直奔前台。

“你好，我想找一下沈掌……沈总。”

“沈总？”前台小姐姐惊讶地打量着眼前这个衣着随意的女人，不是她瞧不起人，而是自从沈总回来后，每天要见他的人实在是太多了，眼前的这一位绝对是排不上号的，但她还是客气地问，“请问您有预约吗？”

“呃，我姓尹。”

经由秘书处转达后，前台小姐姐的态度马上热情了万分，亲自送尹言到电梯口。

尹言没空去领会前台小姐姐的心思，只觉得自己的心跳无端加快了几分。

电梯口有两个正抱着本杂志眼冒桃心的女孩，她们叽叽喳喳讨论着封面人物，兴奋不已。

“天啊，这就是那个沈少爷？他回来了？我的男神啊！”

“这颜值，这身材，要是我应聘上了，是不是就在他手下工作了？啊——我要死了，霸道总裁爱上我！”

她们兴奋得过于夸张，尹言也不禁瞥了过去。

杂志刊登的是沈时煜采访时的照片，男人身穿手工定制的西装，即使是坐在沙发上也掩饰不住挺拔的身姿，整个人散发出来的感觉是干练而利落的，找不到一点浮躁之气，有的只是一种冷淡的矜贵。

如若不是那双死鱼眼，尹言差点就怀疑那是沈时煜失散多年的兄弟。

她进去的时候，沈时煜正低头看文件，虽然没看到他的正脸，但光是他冷硬的侧脸再加上他身上散发的生人勿近的气息，就让她暗暗地吞了吞口水。

他没有动静，尹言就站在那里没有动。

她其实想说点什么的，一路上想了很多问题，在看到他的时候一下子忘了个精光。

大概静默了两分钟，沈时煜终于放下了手中的文件，揉了揉酸胀的眼，抬起头来，说：“抱歉这个时候才叫你来。”

尹言一愣，没想到沈时煜单刀直入地挑明这么些天晾着她的事，她结结巴巴道：“那什么……呵呵，你……”

“这是定金，”他从抽屉里拿出一个牛皮纸袋摆在桌上，声音平静如水，“我刚入商界，需要保护。”

尹言惊讶道：“哎？不是……”

“你收到了沈凝给的任务结束通知？”沈时煜眼神锐利地看着她，“雇主没有解聘时，你要擅自罢工？这违约金可是六位数奖金的翻倍。”

“哈？”

这一切发生得太突然，尹言一下愣在当场。

看到她那呆呆的模样，沈时煜的嘴角偷偷弯了弯，站起身来，给她倒了杯水。

那天在码头上看到的那个穿灰西装的男人，是沈凝身边的助理。

沈时煜怕尹言会有什么麻烦，便只能假装不认识她，提前通知了莫靖垣先带她避一避。

经过他这么多天的摸索探知，他才知道原来沈凝并未见过她，全然忘了有这么一号人。

想到这里，沈时煜暗暗叹了口气，到底尹言的功夫是有多菜，才会让人完全不把她放在眼里。

自沈时煜回来的那一天，爷爷便在董事会上宣布，让他作为副总裁协助管理沈氏。

各种采访和商业聚会，都是他进入商界的第一步。

有沈老爷子出面，沈凝也只能打着让他多学习多接触的幌子，实际上是把一些芝麻绿豆的小事或是极其复杂的纠纷通通交给他，美其名曰，这是管理沈氏集团需要具备的基本能力。

尽管这么多天让沈时煜身心疲惫，可在看到尹言时，那些仿佛过眼云烟。

此刻尹言脑海里只有一个念头在横冲直撞，混乱得无与伦比。

他在套路自己，肯定在套路自己！

“那，我、我需要做什么呢？”

“我身边多了几个训练有素、身经百战的特种保镖，沈凝自然会加强防备，让我没有任何下手的机会。如果我身边没那么多保镖，她就会不断找机会对我下手，这样我才能乘虚而入。所以，我需要一个助理，至少是个明面上的助理！”

尹言听得一愣一愣的，对这些豪门恩怨、商业钩心斗角她也是云里雾里，不怎么感冒。

因为她秉承着多读书多看报，少吃零食多睡觉，杜绝看一切无脑“辣鸡”剧的宗旨，活得比咸鱼还要咸鱼。

“那个，说人话？”尹言直接道。

“好好当个炮灰就行！”沈时煜悠悠道，“这样他们才会松懈。”

尹言的双眼慢慢瞪大了。

上一秒还在感叹那个云淡风轻的沈掌门不见了，变成了一身铜臭味的商界大佬，这一秒尽管他看起来衣冠楚楚，可他还是那个道貌岸然、丧心病狂的沈掌门啊。

尹言不知道该哭还是该笑。

“放心！工资不会少你的！”沈时煜说道。

尹言马上说：“好的，沈总，包在我身上！”

炮灰言有炮灰言的小小私心。

特别是在看到沈时煜整日埋头处理文件疲惫不堪的双眸时，她有那么一丝丝的心痛。

对，仅限于一丝丝。

因为沈时煜完全把她当成了一个招之即来挥之即去的仆人，连疾风馆打杂的都不如。

咖啡太苦了，重做。

茶叶太少了，重做。

桌上有灰尘，重做。

凉白开太冷了，重做……

一系列奇葩的事迹，让她在心里暗暗对着他的背影比了无数次中指。

她明面上是他的私人小助理，实际上是暗藏武艺的私人保镖。

至少尹言是这么认为的。

可为什么没人怀疑这个跟在副总裁后头来来去去的女人呢？

“女人？”副总办公室门口的秘书处刘特助轻蔑道，“就是那个洗衣板身材、猥琐、毫无女人味的‘女人’？沈总要是真跟她有点什么，我都会怀疑他的取向有问题。”

而李秘书不屑道：“得了吧，言情小说少看一点，少做点梦，这年头谁不爱网红、明星、名媛，虽然我从没见过沈总身边有女人，但她？我宁愿相信沈总喜欢男人。”

尹言：“……”

中午。

一家餐厅里，装潢都是复古风格，这里位置不多，招待不了多少人，需要提前一天预约座位。

尹言偷偷看着另一桌的沈时煜，而他的对面，坐着一位穿着素色连衣裙的女人，清水芙蓉般的气质，容貌俏丽，一双忽闪忽闪的眼睛不断往他身上瞄。

又是一个被他的皮相蒙蔽了双眼的人啊！

这个俏丽的女人娇羞着先开了口：“沈先生你好，我是沈凝阿姨……”

“你好，李小姐！”沈时煜点头淡淡道，“你是我母亲安排的相亲对象。”他的语速低沉平缓，像是在谈论一场再平常不过的合作案。

“芙蓉”随即低下了她那娇羞的头颅，眼睛时不时偷瞄着沈时煜，过了一会儿后又开口问：“沈先生……”

“先吃饭吧！”

他抬手招来了服务员，附耳小声与服务员说了几句。

只是，那服务员转身的时候，尹言发现服务员眼神里有一丝不对劲。

菜没上来前，两个人简单地寒暄了几句，而尹言还在琢磨着刚才那服务员眼神里的含义。

这时，服务员端来两盘菜。

一碗白花花的豆腐汤，一盘绿油油的青菜，看起来很是绿色健康。

“芙蓉”愣了一会儿，象征性地动了动筷子，一切都看起来很和谐，只是，这菜会不会上得太慢了？

直到盘子里的热气全部消散时，“芙蓉”终于按捺不住叫来服务员，问道：“你好，可以麻烦你催一下厨房快一点上菜吗？”

服务员奇怪地看了一眼沈时煜后说：“这位先生只点了这两样。”

直到这一刻尹言才后知后觉地发现，原来当时服务员那眼神里是充满了鄙夷啊！

“芙蓉”不由得“啊”了一声，原本娇羞的表情僵在了脸上。

“你看就我们两个，不能浪费。”沈时煜说道。

“芙蓉”听了大惊失色，不过碍于矜持还是坐得端端正正的，只是再没动一下筷子。

气氛尴尬得无与伦比，“芙蓉”再也坐不住了，拿出手机看了一下时间，站起身慌慌张张道：“啊，沈先生，今天谢谢你的招待，医院有病人找来，我……”

“你好像还没吃饱。”

“不用了，沈先生，我真的有急事。”

沈时煜略带遗憾地招来服务员买单。

一脸恭敬依然藏不住鄙视神情的服务员来了，说道：“你好先生，一共七十五块。”

沈时煜半晌也没动，却一直盯着“芙蓉”看。

“芙蓉”终于摆脱了沈时煜的美色给她带来的魔怔，虚弱地掏出钱包正要付钱。

沈时煜这时才终于开了口：“两人AA制的话正好一人三十七块五，我们四舍五入，我出四十块，你出三十五块就好了！”

“芙蓉”脸都绿了，丢下一百块钱后就东倒西歪快步向门外走去。

沈时煜站起来喊道：“李小姐，我们再会。”

“芙蓉”的步子更快了，跟刘翔的速度有得一拼。

直到她的背影完全消失不见，沈时煜这才慢悠悠地坐了下来。

而目睹了整个过程的尹女士，满脸大写的服。

“沈掌……沈总，这样，不太好吧？”尹言沉默半晌，忧心忡忡道。

那些对沈时煜抱有幻想的人要是知道他的“真实面目”，那该有多绝望啊！

沈时煜皱眉严肃道：“这垃圾菜竟然要四十块！”

究竟是她人品太差，所以认识的皆是唯利是图之人，还是这个世界已经没有慷慨豪爽的人了？

她无语地望了望窗外的蓝天，只觉得眼睛有些酸痛。

沈时煜的眼中泛起一丝笑意，发了条短信，不多时，便有各种特色菜端上了桌。

每盘菜都散发着诱人的香味。

尹言看了看菜，又看了看沈时煜。

“餐厅老板说我是万年一见的铁公鸡，让他大饱眼福，所以赏我的。”他面无表情地说着，完全不以为耻反以为荣。

管他呢！

美食在前，再废话就是对它的亵渎。

于是，尹言敞开了肚皮开始大吃特吃，以此慰藉这些天来资本主义的压迫。

尹言去往地下车库的途中，连走路都是腆着肚子的，实在是太撑了。

可是，真的好好吃。

沈时煜满脸嫌弃，大踏步向前走，离她远远的。

“哎，沈总，等等我嘛！”

撑得都快吐出来的她却没发现，原本快步而行的他慢慢放缓了脚步。

尹言将安全带系好后，终于得以喘一口气。

见她这副模样，沈时煜微叹。

他是头一次见人面对食物像饿久了的狼似的双眼发亮，也是头一次见人把自己吃成这副熊样，却没发现自己那原本嫌弃的脸上渐渐多了一层柔和。

“等等！”原本瘫软地靠在座椅靠背上的尹言突然直起身子，将安全带解开来，“我下车检查一下。”说完，不等沈时煜反应，她已经开了车门下了车。

沈时煜下车的时候，便看到尹言正趴在地上围着车子底盘四处摸索打量，查探有没有可疑的东西。

“你在做什么？”

尹言头也不抬继续摸索：“我怕有人在车上做手脚啊，不管怎么样，还是要检查一下才行。”

此时她已经满身灰尘，袖口边也有不少油渍，眉眼却不皱一下，丝毫不在乎。

“没发现可疑之处。”说完，她便爬了起来，拍了拍手，亮晶晶的眸子看着他。

沈时煜的脸色沉了沉，随即转身跨进了车里，弄得尹言莫名其妙的。

车上。

“沈总，相亲的事……沈凝会不会给你使绊子啊？”

“我不需要联姻带给我便利。”沈时煜的目光始终看着前方，却带着某种坚定，“如今我想要的，近在咫尺。”

像是在惩罚不听话的小孩一样，接下来几天，沈时煜不知道参与了多少次无关紧要的会议，还要面对各种各样的质疑之声。

办公室落地窗厚重的窗帘微微遮掩，挡住了外面蒙蒙亮的天。

尹言从办公桌上猛地抬头，一旁的手机显示时间是早上六点多。

桌上的咖啡早已凉透，显然没有人动过。

她看了看偌大的办公室，确定沈时煜没回来过。

她百无聊赖地坐在助理的办公桌前等待，思维被高跟鞋敲击地面的“咚咚”声拉回了现实。

尹言还未看清楚来人，就差点被一道璀璨的光芒照花了眼。

这是一个气场强大的女人，身着简洁高雅的套装，妆容精致，亚麻色的鬈发被她一丝不苟地绾在脑后，浑身都散发着成熟精英女性的魅力，她十分优雅且高傲地朝副总裁办公室这边走来。

“时煜呢？”不等尹言开口询问，女人面色平静地问道。

尹言这才慌忙地站了起来，而且站得笔直，像被拷问的犯人一样。

尹言大概是第一次见到气场这么强大的女性，这是经历过世事的沉淀才能拥有的气势，她一时被震慑住，紧张地回道：“你，你好……”

女人踩着一双十厘米的高跟鞋，居高临下地上下打量了尹言一番，眼底尽是漠然。

不知怎的，尹言被她看得心里发毛。

“同样的问题我不喜欢说第二遍。”

“沈总他……他……”

啪——

一个巴掌重重地落在尹言脸上。

尹言被打得眼冒金星，火辣辣的刺痛感从脸颊传来，嘴角立刻传来一股咸腥味。

她捂着脸站在原地，眼泪一下子涌在眼眶边缘，腿脚仿佛也有些无力。

“作为一个助理，连上司的行程都不清楚，沈氏集团是容纳废物的地方吗？”

女人秀眉微拧，眸子里满是尖锐。

若换作平常，尹言肯定要与其干上一架，女人之间打架嘛，无非是扯掉半把头发或是折了半块指甲。

但此刻，女人的话语里透露着不可抗拒的威严，理智也提醒着她，她现在的身份只是小助理，不能给沈时煜添乱。

所以她蒙了片刻后迅速调整了状态和心态，站稳身子弯腰低头接受批评。

女人似乎不想跟尹言浪费口舌，随意地瞥了一眼办公室的门，冷冷地说：“时煜的电话打不通，告诉他，九点准时来我办公室开个会。”

女人说完，就大踏步离开了副总裁办公室。

尹言抬头看着女人离开的方向，嘴巴不由得越张越大。

能这么说话的，除了沈老爷子，那就只有沈凝了！

就是那个传说中的女魔头！

尹言颓废地坐回了椅子上，既庆幸又担忧。

她庆幸的是沈凝并不认识自己。

虽然她就职于保镖行业排名第二的龙威镖行，但执行任务的她这个初出茅庐的小菜鸟，肯定没人认识。

尹言估摸着沈凝只是在沈老爷子不知情的情况下想敷衍了事，既体现了保护继子的决心，暗地里又给了其他组织下手的机会。

“最毒妇人心！女人何苦为难女人！更年期果然可怕。”

尹言揉了揉眼睛，又揉了揉火辣辣的脸颊，不停地碎碎念，仿佛这样就能减轻心里的难过一样。

她将刚刚擤了鼻子的纸巾狠狠捏成一团时，抬头便看到一个冷峻挺拔的身影站在办公室门口。

沈时煜目光淡然地看着她，不知道在那里站了多久。

“沈总，有……有工伤补助吗？”尹言连忙站起来跟没事儿人似的调侃着。

他眉宇之间的疲惫越来越深，眼里的阴霾也越来越厚重。这样的沈时煜，比之前更冷淡寡言了不少。

沈时煜扫了她一眼，并没有马上回答，而是走到她旁边，眼神淡淡地问：“为什么不还手？”

尹言：“……”

这时，她突然想起他的吝啬，斗胆猜测道：“还手？你的意思是，我们互相扯头发扇耳光的那种？”

沈时煜说：“我还比较期待看到她沈凝头散发、妆容全花，像个泼妇一样在地上哭天抢地的样子。”

尹言沉默半晌，小声说道：“沈总，你的恶趣味达到了登峰造极的境界。”

沈时煜不置可否：“这样我就能拍照或者录个视频卖给八卦杂志或者财经杂志捞一笔，正好可以算作工伤赔偿补给你。”

“……”

尹言用表情和肢体表达了对他的鄙视。

“尹言，”短暂沉默后，沈时煜突然认真地看着她，低声喊她的名字，眸光幽沉而深邃，“抱歉！”

尹言被这一出弄得脸瞬间热了起来，一时忘了回话。

“我不会让这件事白白发生！”他说着，就在她垂头不知

该如何是好时，一只凉凉的手蓦地覆在她泛红微肿的脸颊上，迫使她抬头。

四目相对之时，尹言仿佛听到了自己心跳如雷的声音。

“我不会让你受委屈！”他的声音低沉平静，眸子里带着某种坚定。

要死了要死了，心脏快要跳出来啦！

直到心跳快得她快要承受不住时，尹言向后退了一步，镇定心神后，咧了一个灿烂的笑脸，眸子里像是种了一个太阳，闪烁着温暖的光芒，她认真地说：“再大的风浪我都见识过，区区挨个耳光何足挂齿，放心吧，无论是疾风馆还是这深渊一样的沈氏集团，在保障你的安全下，我更要保护好自己，绝不给你添任何麻烦的！”

她说着，还坚定地拍了拍胸脯，以表忠心。

而一直平静望着她的沈时煜，突然侧身挡住了墙角的摄像头，朝她俯下身。

尹言一怔，清俊的容颜瞬间已近至眼前，他那双漆黑深沉的眸子里，倒映着她像是受惊的表情，两人的鼻息彼此缠绕，近在咫尺。

“谢谢！”

他的声音低沉平静，却极其真挚。

尹言愣愣地看着他，一副灵魂出窍的样子。

太可恶了，老是用美色诱惑她！

沈时煜看着尹言殷红的唇瓣，拳头捏得紧紧的，像是极力克制的样子。

他猛然直起身往办公桌走去，命令道："给我来三杯咖啡，一杯加糖，一杯加双份，一杯不加，然后把昨天李秘书整理的文件做个目录给我！"

尹言："……"

太过分了，太过分了。

弄咖啡还好，但是做目录……她前几天偷瞄了一眼李秘书的工作，差点就此离去。

全都是让她头昏眼花的数据和看不懂的文字！

她明明只是一个明面上的小助理啊！

于是，尹言赶紧向秘书处和行政助理办公室求助。

刘特助鄙视又掩饰不住羡慕地说："虽然我已经做到了总裁秘书的位置，我多想时不时借着这事儿在沈总面前晃悠几下，这样说不定他便能被我的美貌吸引，可是端茶送水这么好的事儿怎么也轮不到我啊。"

李秘书心酸又向往道："作为特助，我英语、法语、日语、西班牙语等十八种语言样样精通，与刘特助配合得天衣无缝。唉，可如今我只想当沈总的私人助理，天天被安排各种奇葩工作都无所谓！"

尹言在内心咆哮着：我只是一个端茶倒水在办公室里忍受沈时煜不正常脑回路被压榨的小助理而已！

接下来的整整三天里，尹言一头扎进了文件堆中，光核对数据就花了大半的时间，导致午夜梦回时全都是报表文件成精了，还嘲讽她业务水平和知识能力不行的噩梦。

时间不知不觉到了下午三点多，饱受摧残的尹言终于从厚厚几摞文件里抬头，大大地伸了个懒腰。

尹言来到茶水间冲杯咖啡提提神时，便看到刘特助和李秘书两人正交头接耳，颇为神秘的样子。

“怎么了，怎么了？”八卦是女人的天性，尹言也迅速加入了她们的队伍当中。

俗话说三个女人一台戏，刘特助见尹言过来了，马上跟竹筒倒豆子似的说道：“你是不是沈氏的员工？总裁之间的战争你居然不知道？”

尹言这几天都忙着整理文件，也没见到过沈时煜，整天忙得昏天暗地的怎么会知道那些八卦，于是她竖起耳朵聚精会神地听着——

“众人皆知啊，沈总被打了！”

“沈总？哪个沈总？”

“沈凝呀！董事会上，她被沈副总激怒了，气到抓狂，完全没了往日高傲的风度。也许是怒急攻心，她口不择言骂了沈副总逝去的爸爸，还骂了沈老爷子，那些话不堪入耳。”

“沈副总他好像一直在故意刺激沈总呢，平时他从来不说与工作无关的话。”

……

接下来，尹言离开了开始叽里呱啦犯花痴念叨着沈时煜如何如何厉害和睿智的两人。

她心潮有些澎湃。

难道是因为他之前说过不会让她受委屈，所以才这样做的吗？

电梯到达的声音响起，茶水间的几人以迅雷不及掩耳之势开始补妆。

随着电梯门的拉开，从里面浩浩荡荡走出四五个人，中间的男人个子最高，至少一米八五的样子，笔挺的西装衬得他越来越有商人特有的沉敛和稳重。

这正是方才她们讨论的对象——沈时煜。

他抬眸睨了她一眼，便朝副总办公室走去。

尹言立刻回神，屁颠屁颠地跟了上去。

啊，这该死的身体本能！

“沈总……是真的吗？”尹言迫不及待地问。

沈时煜脱下西装外套挂在架子上，将袖子挽到了手肘处，疑惑地问：“什么是真的？”

“就是沈凝的事……”

沈时煜手上的动作一顿，马上云淡风轻道：“我只是发挥了我三寸不烂之舌的功力随便说说而已，没想到她就暴躁起来跟拍鬼片似的。”

“就这么简单？”

“听惯了阿谀奉承的人，听到这些难免接受不了。”

尹言虽然知道他的毒舌功力，但还是十分好奇。

她没看到预期中那些钩心斗角尔虞我诈的商业战剧情，多少有些失落。

就在她垂下头不痛快地将他办公桌上的文件摆放好时，她的余光瞥见他正在一粒粒解开白衬衫的扣子——

“你你你……要干什么？”

宽肩，窄腰，肌肉匀称的他，看得她热血沸腾。

尹言的心又开始扑通扑通乱跳起来，内心挣扎着该不该继续看。

“过来！”

依旧是他那平静而低沉的嗓音，却让尹言浑身的血一下冲到了头顶。

“不不不，沈总，我们这样……”尹言头摇得跟拨浪鼓似的，一副惊恐万分的样子。

沈时煜的太阳穴开始“突突”地跳动。

他翻了个白眼，说道：“过来上药！”

他解开衬衫，只留一边挂在身上，露出左肩上那块缠着纱布的地方。

尹言窘了，原来是这样啊……

尹言极力压下自己的窘态，赶紧将壁柜里的医药箱拿了过去，问道：“沈总，这是上次在船上……”

她有些吃惊！

因为她潜意识认为沈时煜回到福兰市后，会得到顶级的医疗服务，所以她一直很放心，没有问过这件事情。

可是当她拆开纱布看到那道狭长裂开的口子，伤口有些狰狞，到现在都还没有结痂，残留的鲜血提示着她，伤口并没有经过好好处理，只是简单地消毒包扎。

而这么些天却完全看不出他有什么异样，一切同正常人无异。

他的承受力让她这个唯一的知情人相当敬佩！

“避免不必要的麻烦而已。”他轻描淡写地拿出棉签，在碘伏里蘸了蘸递给呆滞的尹言，皱眉道，“愣着干吗？当初你给自己拔刀的气势呢？”

尹言撇嘴：“可我都有及时擦药护理妥当啊！”

她一把接过棉签，动作却十分轻柔，一边涂抹药膏，一边偷偷观察沈时煜的表情，偶尔见他微微蹙眉便会更加小心翼翼，还不自觉地对着伤口吹气，想借此减轻他的疼痛。

那凉凉的气息吹在他的肌肤上，却更像是在撩拨着他的心。

“你今天没吃大蒜、韭菜、臭豆腐之类的吧？”

他冷不丁来了这么一句，尹言不懂他啥意思。

“我怕这些气味残留在我的伤口里。”

尹言的嘴角抽了抽，忍住了即将发作的冲动，并不理会他，转而咬牙切齿地继续手里的工作。

尹言将纱布用胶带缠好后，把桌上的药膏和碘伏放进了医药箱中，忍不住好奇地问:“沈总，你为什么不去专门的医院？”

沈时煜将衬衫穿好，淡淡地说：“为什么要花多余的钱？”

顾名思义就是她这个小助理的工作也包含了给上司医疗护理的服务。

没来由地，尹言有些生气，觉得这个人太不把自己的身体当回事了。

幸好她是做这一行的，训练受伤后自己给自己包扎都是司空见惯的事。可是，那伤口深可见骨，如若没有得到专业的医治，说不定会影响他的手。

“我最讨厌对自己身体肆意妄为的人！”她越想越气，心中的话便脱口而出。

沈时煜将衬衫的最后一粒扣子扣好，偏头看着尹言，过了一会儿才悠悠问道：“所以，你是想替我对我的身体肆意妄为吗？”

尹言差点被口水呛到，这人什么逻辑？

她将医药箱放回壁柜时，随即一股浓郁的男性气息笼罩着她，后背的汗毛直立，迫使她不得不转过身，一抬头便对上了他的视线。

他靠得很近，低头看着她，眸色淡然："不过，我也没说不可以！"

沈时煜看着她略微发红的脸，嘴角微微勾了勾。

随后，他将架子上的西装取下，若无其事地坐回了办公桌前。

尹言连忙向门口走去，心脏扑通扑通跳个不停。

怎么办？再这样下去，她真的要因心跳过快而亡了！

办公室的茶水间。

尹言来到这里透气，又看到李秘书和刘特助在这里唠嗑。

两人皆是精英中的精英，怎么这么喜欢八卦？

待看到尹言时，两人迅速将她拉进了队伍。

"尹言，一句话，是不是好哥们？"

"直接说吧，怎么了？提前声明，借钱没有。"尹言被问得有些摸不着头脑。

"联谊你知道吧？今晚的派对对方有三个人，我们也去三个人，这样才不会互相打架……啊不，这样才平均一点。我和李秘书都是集团顶层的职员，眼界自然是不会差的。你不是没有男朋友吗？这是个好机会啊！"

"我想起来了我还有事……"尹言推辞道。

"对方可都是业界精英啊，你该不会还是'母胎solo'吧？"

“去，今晚几点？”尹言被激将成功。

“晚上七点半，我们鼎庭见！”

尹言被安排在集团顶层的休息室居住，虽说是沈时煜给她的福利，但她来福兰市快一个月了，除了头几天莫靖垣带她吃了几顿好的以外，就再没有踏出过这栋大楼。

这让她有种遗世独立的感觉。

离七点半还有三个小时，正好可以约上刘特助，还有李秘书，一起去逛逛。

对尹言来说，了解一个城市，就一定要了解它的夜市，还有隐匿在居民楼和深巷中的小吃。

当听到“夜市”两个字时，两人皆露出震惊的夸张表情。

李秘书不可置信道：“尹言，不是吧？你都是沈氏集团的员工了，怎么还会去逛夜市呢？”

刘特助有些嫌弃地说：“我才不要去呢，好掉价哦。我们平时都是逛国际广场的！”

尹言：“……”

于是尹言只好灰溜溜地回到自己的位置上盯着电脑屏幕发呆。

她看着屏幕上映着的自己，自我安慰长得还行，就是穿着打扮太普通了。

定制的职业装穿在她身上就像是偷穿妈妈衣服的小朋友一

样，一点职场女性该有的气质都没有。

“尹言啊，职场上失败也就算了，竟然连情场还没开始就失败了，那就要向钱看啊！”

她自言自语了一番后，深深吸了一口气，瞬间充满了斗志，于是她敲开了副总裁办公室的门。

沈时煜正靠在真皮办公椅上闭目养神，听见开门的声音，他连眼睛都没睁开。

“沈总，那个……”尹言站在门口犹豫着，不知道该怎么开口。

沈时煜的双眸睁开一条缝，斜睨着她。

吓得她一个激灵赶紧从善如流脱口而出：“沈总，我想预支点工资。”

“很好，”沈时煜坐直了身子，右手有一搭没一搭地敲着桌子，“我很欣赏你的勇气。”

“这跟勇气有什么关系？”

沈时煜的眉头拧起来，说道：“虽然我暂时比较安全，但你入职这么久，对公司有什么大贡献吗？整理文件差错比文件内容本身的还多，饭量可以顶我两个，晚上还要把茶水间的面包、水果带进休息室当夜宵，咖啡也还要顺走几包……”

尹言急忙为自己正名：“那个，面包、水果……我那不是怕过夜会坏了嘛。”

闻言，他好像想起来什么，问道：“是吗？可你从白天开

始就不停往休息室里顺是几个意思？”

“……”

“工作期间小视频好看吗？连连看好玩吗？这年头还玩偷菜？你真不是山顶洞人？”

尹言咬了咬牙，忍无可忍了，反驳道：“我……我只是你明面上的助理！”

“是吗？”沈时煜突然诡异一笑，悠悠地从西装口袋里拿出一张黑卡放在桌上，“拿去刷！”

尹言颤抖着拿起黑卡，再看了看他“慈祥”的脸，突然觉得那张清俊的脸犹如神颜般，有种想把他供起来的冲动。

这，莫非就是传说中的那张可以刷遍全球、无限透支的大佬卡？

此时的尹言正沉浸在兴奋中，并没有意识到一个严重的问题。

当她好不容易找到网上搜索出来的这个纵横交错且热闹繁华的福兰夜市时，她终于意识到了这个问题有多严重。

现在是手机支付称霸的年代！

这里要是能刷卡算她输！

她蔫蔫地在人群中移动，街道两边的摊主各使绝招，行人则不紧不慢，挑完这家选那家，长长的夜市街商品琳琅满目、五花八门，看得人眼花缭乱。

直到她看到了一个熟悉的摊主——钟傲天。

他有一张看起来人畜无害的脸，笑起来永远都如沐春风般的和煦，现在有一个词形容他这样的人——暖男。

可只有尹言知道，他是笑里藏刀、绵里藏针，玉面狐狸就是他的代名词。

摊位前有不少跃跃欲试的小女生在一旁偷看，却鲜有人上前询问，只因摊主在摊位前摆了个告示：冷漠摊主在线美甲，不美甲不要借故搭讪，否则一分钟一百。

明摆着就是劝退！

尹言冷漠地瞟了一眼，不急不缓地走上前坐下，缓缓抬起右手放在桌上，说道："我要美甲。"

钟傲天见是她，先是一愣，随即恢复原样，余光左右看了看后，笑得十分灿烂地说道："美女，有眼光。"

他说着，将尹言的手摆正，动作十分娴熟地在她的手上进行拍打按摩工作。

"老板，动作很熟练啊，以前是不是在按摩店上过班啊？"尹言问道。

"英雄不问出处，美甲只看服务！"钟傲天说着，还不忘对尹言抛了个媚眼。

尹言压下心中的反胃，想到今晚还有更重要的事情，却让她在这里碰到此人，到底是老天都看不下去她的穷了，还是这该死的缘分。

尹言只好硬着头皮问道："万水千山总是情，借点零钱行

不行？”

钟傲天闻言，虽然还是微笑着，可是眼神已经变了，带了一点寒芒。

尹言打了个哆嗦，乃至在场围观的小女生们也不禁打了个寒战。

“要想借钱，总得付出点什么。”他笑得别有深意。

幸好，尹言最熟悉的便是这个人。

“钟傲天！”她拍案而起，指着男人喊道，“你借了我一千块说连本带息还我一千二的，钱呢？”

钟傲天躲开快要戳进他眼睛里的手指，一把将她的手按回桌上，若无其事地继续工作，小声说道：“龙经理以为你挂了！”

“……”

“你的任务已经结束了却没有回家，就简单地报了个平安后再也没联络了，他老人家当然以为你挂了！”

尹言没好气道：“我不是每天都在镖行群里发小表情以示我的存在吗？”

钟傲天白了她一眼：“你除了发小表情还有啥？他老人家差点以为那是你已经遇害被人冒充每天在群里打卡以示你还活着的假象！”

尹言：“……”

钟傲天问：“你任务都结束了，怎么还不回去？”

尹言反问道：“那你在这里摆摊做什么？”

钟傲天邪魅一笑：“我？当然是广纳美女，你没发现这里更接地气吗？”

“你可真够无聊的。”尹言撇撇嘴，“我这不是上个任务的费用还没到手，就又有了新的任务嘛。”

钟傲天工作的手停在了半空，他的神情突然变得十分古怪，愣了一会儿问道：“新的任务？跟上次视频里的那个大帅哥有关？”

“……”

如果说沈时煜是语不惊人死不休，那么钟傲天就是让人十分无语。

尹言无奈地点点头。

钟傲天突然拿出手机，“嗒嗒嗒”按了几下，尹言便听到自己手机里传来转账到账的提醒。

“你去忙吧，我有事。”

钟傲天说着，直接罢工，绝尘而去。

而一旁卖小物件的女摊主早就习惯了似的，见怪不怪，直言会替他看守摊位，尹言这才放心地离去。

沈氏集团的地下停车场里，沈时煜坐上早就等候多时的专车。

“老板，要去哪里？”

沈时煜正将领带解松的手一顿，面色突然变得严肃起来，车内气氛剑拔弩张。

“你是谁？”

“此时此刻我是你的司机啊！”

驾驶座上，“司机”轻笑着，将车子启动了。

如果看监控的话，会发现停车场角落里有个抱头蹲着的男人，正是副总的专用李司机。

车外的景物在缓缓倒退，然而，时间过去了很久，沈时煜的车还在沈氏集团的地下停车场绕圈。

这位“司机”有些慌了：“我去！这停车场到底有多少个弯啊？绕了半个小时了，怎么还没绕出地下三层。”

沈时煜双眼微微睁开，眉间尽是轻讽：“你冒充我的司机，一点功课也不做？”

“我怎么知道这地下车库这么变态！”

白色的陆巡一直在地下车库散步似的绕圈。

“油价现在很高。”沈时煜的声音严肃且冷漠。

“难怪想骗免费劳动力啊！”车子突然加速，“司机”又突然松开油门，语气饱含了鄙视，“为什么要骗小言？”

没错，“司机”正是钟傲天。

沈时煜眸色平静地看过去，这才想起，这就是上次视频中出现的男人。

见沈时煜并未开口，钟傲天面露鄙夷：“合同上都有合作开始时间和终止时间，小言那家伙肯定没看过。就算因特殊原因导致任务延长，可定位一到，费用便自动划到公司账上，任务也就结束了。你把小言留在这里做什么？

“目前因为沈老爷子病了，董事会里他的声望已经摇摇欲坠，都在明里暗里巴结讨好沈凝，而沈氏集团内部都已被她的人浸入。你一个人孤军奋战、孤苦无依也就算了，把小言卷进来干什么？”

沈时煜的手指在裤袋里收紧，身体微僵，连思维都有些停滞。

“你不要告诉我你是因为喜欢上她了，然后就不管她是否安全，只想把她留在身边就行吧？”钟傲天像是猜透了沈时煜的心思。

“是！”沈时煜的神情一如既往地淡漠，还夹杂着冰冷。

“你以为你在演霸道总裁啊？”要不是在开车，钟傲天分分钟想跳起来拎住他的衣领摇晃，“万一有危险我让你和她做姐妹！”

“万一？对自己没信心才会让万一发生。还有，你既然这么关注沈氏集团，为什么不搜索一下它的最新消息？”沈时煜冷冷地说。

行驶中的陆巡突然停了下来，钟傲天回头，却发现后座的沈时煜依然是一副高高在上的样子，那云淡风轻的表情，让他很不爽。

于是他开始用手机搜索新闻。

他才输入沈字，网页便自动关联了许多热门词。

钟傲天自动忽略了那些毫无营养的词条，例如“明星沈时煜”“沈时煜颜值”“霸道总裁沈时煜”……

他翻了个白眼，点开一条新闻，却让他大吃一惊。

内容简洁明了，写的是短短数日沈时煜如何树立威望，如何在沈氏集团站稳脚跟，如何将沈凝的爪牙一步步铲除，手里几个原本奄奄一息的产业股价如何一路飙升之类的内容。

“你，怎么做到的？你开了挂吧？”

下车后，沈时煜仍旧淡定从容，他回头瞥了一眼驾驶座上的钟傲天，冷哼一声：“我有你没有的男主光环啊。还有，我的司机从来不会叫我老板，都叫我沈总！”

他说完，便潇洒离去。

第九章 怎么办，心跳加速了

尹言咬牙在商场里买了一套简约舒适最起码不寒碜的套装，然后准时到达鼎庭。

刚进门，便迎来淡淡的咖啡香气。

灯光微暗，舒缓的音乐营造了一种甜蜜的氛围。

她刚跨进转角处，便看到刘特助站在钢琴旁冲自己招手。

联谊的套路基本一样，无非是互相问候，各自自我介绍，然后天马行空地聊天。

坐在尹言对面的是一个戴着银边眼镜，很斯文很绅士的男人。

从他的行为举止可以看出他很会照顾人的样子。

意识到两人之间的氛围还不错，李秘书碰了碰尹言的胳膊，小声说：“他呀，可是 × 大的高才生，以第一名的成绩被 ×× 单位录取，现在已经是领导的秘书了，前途无量哦！”

尹言举了举杯子，冲他礼貌地笑了笑。

然后，他们的对话都是尹言听不懂的内容，比如你对美国 ×× 怎么看，你对 ×× 公司的发展前景怎么看，×× 计划怎么实施，打算去哪里进修语言……

一旁的尹言尴尬地笑着，完全插不上话，只得频频点头，一副似懂非懂的样子。

五个人相谈甚欢，忘乎所以，偶尔还放声大笑，就连尹言去了趟洗手间都没注意。

这样的联谊让尹言倍感压力。

尹言回座位的路上要经过转角，正好有台钢琴可以遮掩她的身影，不然她也听不到这样的对话。

眼镜男：“尹小姐她……是本地人吗？学历怎么样？”

李秘书：“小言好像不是本地人吧，学历嘛，能进我们沈氏集团的，不是211就是985，人家一来可是沈副总的私人助理！”

眼镜男：“不是本地人啊，有点可惜。我妈要求我找一个本地的结婚，家世和工作最起码要门当户对吧。我爸妈都是在国企单位工作，退休了也有保障，尹小姐的父母呢？”

……

他们继续聊着什么，尹言不得而知了。

她有些郁闷，给李秘书发了一条突然有急事的微信便转身离开了鼎庭。

公交车一路往前开，尹言坐在最后一排看着车窗外徐徐倒退的街景，有些莫名的伤感。

特别是当她看到路边手机贴膜的摊子时，立刻想起在疾风馆每天下山卖艺的日子。

她记得有一次沈时煜贴膜时，不小心把钢化膜折断了，他愣是拿透明胶带给人家粘好；还有一次拉二胡，他发现老年机没电了，只能硬着头皮拉，噪音引来了城管；更有一次在疾风馆里，因为分“赃”不均，四人打了一架，只是因为李存离多分了一百块……

那么抠门、吝啬、毒舌、丧心病狂的沈时煜，是从什么时候开始在她心里渐渐有了位置呢？

也许是每一次杀手来偷袭，都是他站在前面，将她护在身后，明明她才是被雇的人。

也许是那一次下大雨，她在山下差点以为自己回不去的时候，大雨滂沱中，是他冒雨前行来接她。

也许是那一次疾风馆的人都感冒了，他嘴上说着要收费，却尽心尽力地照顾着大家……

他极力维护疾风馆的一砖一瓦她都看在眼里，就像如今他极力维护沈氏集团一样。

她留在福兰市，是有私心的。

他的背影越来越冷硬，也越来越强大，肩上的担子也越来越沉。他总是一个人在孤军奋战，眉眼早已被疲惫占据。

她留在福兰市，曾经天真地以为自己能够为他做些什么，至少可以不让他那么累，现在却发现自己什么都做不了……

思绪万千，不知不觉，公交车已经到了沈氏集团站。

她站在街道上，望着沈氏集团大楼的灯光，双脚像被大石压着般根本挪不动。

她想着，这个时候，沈时煜应该回去了吧！

而她不知道的是，她在顶层休息室住的这段时间，沈时煜也住在副总办公室里的休息室。

尹言坐上电梯，鬼使神差地按了副总裁专属那一层。

夜晚的沈氏集团十分安静，更别提副总办公室这一层了。

出了电梯，她探头探脑地张望，事与愿违，连个鬼影都没有。

她长长地叹了一口气，然后轻轻地把副总办公室的大门推开一条缝，黄灿灿的灯光便从缝隙里钻了出来，她附耳过去听听有没有动静。

她绝对没想到，沈时煜已然无声无息地站在她身后。

“你在做什么？”

“妈呀！吓死我了！”尹言差点被吓得魂飞魄散。她惊恐万分地回头，见沈时煜正皱眉看着她。

他扯了扯嘴角，什么都没说就推门进去了。

尹言也跟着进去。

沈时煜坐在办公桌前，桌上层层叠叠的文件铺满一桌，问道：“有事吗？”

“啊哦，好像……有东西忘了拿了。”

沈时煜示意她自便，便拿过文件来看。

尹言走去沙发那边，装模作样地开始东找西找。

她不时朝沈时煜那边偷看——很明显，他并不好奇她为何在深夜出现的事情。

他专注于手中的文件，眉心拧成“川”字，难掩疲惫地伸手按了按太阳穴，又无意识地摸了摸胃的地方。

尹言看在眼里，心突然软了一下。

她走过去，将包里准备当夜宵的肯德基往沈时煜面前一搁。

沈时煜诧异地抬头看她，不明所以。

“人是铁饭是钢，就算再忙也要吃饭呀。喏，我、我特地给你买的，不用太感动。”

沈时煜瞄了一眼袋子里的东西，极为不屑地说：“我从不吃垃圾食品。”

“这可是国际连锁快餐，吃了这个你就和国际餐饮界接轨了哦！”

尹言笑嘻嘻地拆开袋子，将汉堡拿出来准备递给他，却见他板着脸看都不看一眼。

得，热脸贴冷屁股了。

“告辞！”

尹言哼了一声，转身准备走人。

“等等！”沈时煜冷声叫住她，一边往沙发移动，一边命令道，“过来！”

他指了指她手中的袋子。

沈时煜眼神里的霸道分明不容拒绝。

“沈总，有什么吩咐？”尹言绷着脸，不情不愿地走过去。

沈时煜眸色清亮地望着她：“不是要给我吃吗？”

闻言，尹言又哼了一声，将食物全都从袋中拿出来，一样一样地打开整齐摆好，还将纸巾放到他跟前。

沈时煜低头看着眼前的汉堡、薯条、鸡翅，表情一时间有些复杂不明，隔了许久才说：“公司的饭吃不饱？”

“不是，是今晚联谊我都没怎么吃……”

尹言想也没想脱口而出。

“联谊？”沈时煜立刻冷下脸来，眼神犀利。

呃？

怎么气温突然降了下来？

尹言偷偷瞄了一眼沈时煜的脸色，心想他是在生气她放着工作任务没完成独自去潇洒吗？

她愣了愣，解释道：“这个，是刘特助、李秘书担心我在福兰市人生地不熟的，特地带我多认识几个朋友啦！”

“是吗？”沈时煜淡淡点头。

此时的尹言并不知道，她无心的一句话，使得接下来一段日子，李秘书和刘特助每天都怨声载道，时常仰面长叹。

因为沈时煜不知道哪根筋不对，给她们安排了各种各样的事，她们根本没有闲下来的时间。

看着尹言傻不棱登的表情，沈时煜起身去拿外套。

“呃，沈总，你不吃吗？”

“想加班？”沈时煜瞥了她一眼，已经麻利地穿好外套。

尹言用力地摇头。

沈时煜不怎么耐烦地对她说：“还愣着？走啊。”

“走？去哪儿？”

四十分钟后，沈时煜带尹言来到了一条老街，巷口的老房子保留着岁月的痕迹。

夜幕幽沉，天上没有星光，只有暗黄的灯光照着整条小巷。路上并没有什么行人，除了一些外出夜跑、下班回家的人。

两人在巷子里走了一会儿，沈时煜便在一家店门口停了下来。

“这家面馆，是我大学时经常来的店。”

巷子深、店子久，是福兰大学周边美食店的共同特点。在如今的信息时代，这样的小店独有一种珍贵的年代感。

小店的木门有些腐化，招牌黑漆漆的早已看不清写的什么。但走进去，高高的围墙上满是爬山虎，处处充满着复古的气息，仿佛穿越了时光。

“啊？我最喜欢这种老店了，大隐隐于市啊！”尹言兴奋地说。

“别点太多了，和你的工资不成正比。”沈时煜冷不丁地冒出来这样一句话。

尹言：“……”

原本昏昏欲睡的老板听见门帘掀起声，跟个弹簧似的跳起来招待。

店面不大，陈设非常简陋。

桌椅也是早餐店、大排档常用的那种。

尹言心想，没想到沈氏集团的总裁也会来吃这些市井小食。

很快，两碗热气腾腾的牛杂面被端了上来。

色香味俱全，看着就很有食欲的样子。

“这里就要拆迁了。”沈时煜淡淡地说。

尹言的手一顿。

“沈凝将这块地买了下来。”

“她想要干吗？”尹言问。

“不知道。”沈时煜虽然穿着与小面馆格格不入的着装，可他并没有半分拘束，“快吃吧，再过不久，就吃不到了。”

真是可惜！

尹言尝了几口，发现面的味道确实不错。

于是她也露出了一副惋惜的样子。

沈时煜瞥了一眼又恢复假寐的老板，淡淡道：“老板靠着拆迁就一夜暴富，还需要开店？”

啊，多么痛的领悟！

尹言一声不吭地将面吃完。

学校外的烧烤摊子依旧烟雾缭绕，和每一座城的每一所大学外的街道没有什么两样。

暮色笼罩下，两人就在附近的福兰大学散步消食。

偌大的操场空旷寂静，已是深秋，枯叶铺了一地，踩在上面发出“咯吱咯吱”的声音。

校园里的夜景，让人的心境仿佛也发生了变化。

沈时煜脚步平稳缓慢，尹言跟在后头，叫住了他。

“沈时煜。”

沈时煜一愣，回头看她。

认识这么久，这还是她第一次完整地叫他的名字。

“你今晚……有点不对劲哦。”尹言走上前，看着他清俊冷毅的脸，“是不是发生了什么事？”

自从来到福兰市后，他们在疾风馆里一起讨论的日子已经一去不复返了。

沈时煜越来越忙，两个人的距离也越来越远了。

尹言留意到今晚他皱着的眉头就没松开过，便问：“有我可以帮忙的地方吗？”

他没有回答，像是没听见一样。

然后，尹言又问了一遍。

“尹言，”他淡淡开口，“给我点时间。”

“怎么了？”

尹言很少见到这么严肃认真的他，和平常不大一样。

“爷爷身体大不如前，沈凝和她的团队最近私底下动作频繁，我不能让他老人家失望。”

三年的磨砺已经足够让他强大。

兵来将挡，水来土掩。尽管他孤军奋战，身心俱疲，但是看到有她在自己身边的那种感觉，妙不可言。

他看着她有些着急的表情，心里的某处有些温暖，又轻轻说道：“给我点时间，等我处理好这一切。”

尹言心扑通扑通乱跳，她想掩饰自己此刻的慌乱，便胡乱地说道：“你、你将自己的事情忙完就好了，不用管我。我是不是给你添麻烦了？哎呀，可是那些文件我真的是看得头疼啊，但是你身边的人我都有仔仔细细观察啦，我用了一些办法，发现他们的身上并没有什么武器。你放心，虽然工作上的事我做不来，但是你的生命安全，我尹言可是看得比我自己都重要……”

话音止住。

沈时煜的身体朝她缓缓倾斜，将她后面的话全部吞掉。

她唇瓣上传来温润的触感，睫毛仿佛蝶翼轻轻扑扇。

尹言完全被震住了，全身的毛孔大张。

沈时煜在亲她，他在亲她！

尹言整个脑袋像是被火烤过一样，又热又涨又晕。

沈时煜察觉到她呼吸急促，把脸缓缓移开，结束了这个突如其来的吻。

“我、我、我……你、你、你……”

尹言一动不动地站在原地，结结巴巴不知道要说什么，眼睛四处乱瞟以此掩饰尴尬。

沈时煜沉黑无底的双眸凝视着她，表情十分平静：“这是定金。”

“啊，定金？”尹言微怔，“什么定金？不都是给钱吗？”

沈时煜看着她无语了，一声不吭地往回走。

灯光稀疏，星光缥缈。

沈氏集团矗立在夜幕里，比任何建筑都要高。而顶层休息室的整面墙被偌大的落地窗取代，完全可以高空俯览整个福兰市最真实的美丽夜景。

尹言坐在地毯上，望着远处一闪一闪的灯塔发呆。

她伸手摸了摸自己的唇，热热的、软软的，好像还残留着某种气息……

尹言有些发愁。

今天的这个吻，是什么意思呢？

她突然不知道明天该怎么面对沈时煜了。

是会尴尬得不行，还是若无其事假装什么都没发生过一样？

她纠结得快要抓狂。

这时，搁置一旁的手机微信视频弹了出来，尹言点开，是钟傲天那张祸害脸。

“咦，你怎么一脸的春心荡漾？”

尹言没好气道：“深更半夜不睡觉你想干吗？”

“我要看看你身边有没有男人！”视频里的钟傲天抻直了脖子左看右看，试图透过手机查看四周，“你告诉我，在疾风馆的时候，你和那个男人都是怎么睡觉的？”

“怎么睡觉？你思想也太龌龊了吧！”尹言皱眉，“我们在疾风馆的时候之所以待在同一个房间，是因为那时候经常有杀手来骚扰，我自然是要保护他的。”

“那家伙有没有对你做什么过分的事？不然我分分钟让他去泰国。”

“你不要把人想得那么坏好不好！”

尹言忍不住翻了个白眼，极度无语。

钟傲天在视频里骂骂咧咧：“和一个如花似玉的姑娘家住在一起好几个月，一点过分的事情都不干，真不是个男人，我鄙视他！”

尹言又翻了个白眼，问道：“你来福兰市做什么？有任务？”

“接你回去啊。”钟傲天一顿乱骂后恢复了正经，“你的任务已经结束了，款项已经到账了。”

尹言愣了愣，盯着手机屏幕一言不发。

钟傲天看出她的异样，有些烦躁地挠挠头，又怕说错话伤害到她，轻声说道：“你想过没有，他是沈氏集团未来的接班人，即使他现在手中实权没有沈凝大，可是沈时煜现在已经不是当初在疾风馆的沈掌门了。

“他最近要开拓海外市场，按照霸道总裁小说的惯例，估摸着还会有什么商业联姻、前女友现身之类的桥段，你承受不起的。”

尹言抽了抽嘴角：“叫你少看点脑残文章偏不听，你一个大男人怎么这么八卦。”

“你心里也清楚，当初的合同上白纸黑字写明了送沈时煜到福兰市即可。就算他刚踏进福兰市的那一刻突然挂了，那也跟我们龙威镖行没关系。不过，你不会是真的喜欢上他了吧？虽然我承认他比我帅那么一点儿！”

“谁、谁说我喜欢他了？我只是……只是……”尹言想要极力辩解，却又不知道说什么。

只是什么呢？

如果不是喜欢，那她留在福兰市是为什么呢？

真的是为了做一个小助理吗？

钟傲天抿了抿唇，心想，长痛不如短痛，严肃道：“如今他的身份不一样了，又是沈老爷子唯一的孙子，他的周围多的是以一敌十的保镖，他们个个身手敏捷，比我们更加专业。”

“我知道。”尹言轻轻地点了点头，“好了，你最近真是越来越啰唆了，有事我会联系你的。”

她不想再听钟傲天的长篇大论，赶紧挂断了视频，舒了一口气。

她回想着钟傲天刚才说的话，明明任务结束了，沈时煜却还把她留在这里，再结合今天的那个吻……是不是，沈时煜也喜欢自己呢？

尹言打开手机摄像头对着自己的脸看了看，除了鼻尖上有颗小小的痣之外，皮肤也算光滑、白里透红，长得虽然不是顶级好看的那种，但也应该和丑沾不上边。

她起身回到床上，呆呆地望着天花板。

许久后，她在心里默默告诉自己，那就给沈时煜一点时间，也是给自己一点时间。

等等，再等等就好了。

第二日。

尹言下楼的时候，就有些心跳加速。

一直到她坐到助理的位置上，特别是望着不远处的副总办公室门，甚至开始觉得呼吸不畅。

这种不畅感直到那扇木门突然被打开，尹言看清楚了出来的人时，就突然消失了。

她呆呆地看着那个方向，而出来的人也很明显看到了她。

“是你？”常思踩着高跟鞋往尹言所在的方向疾步走来，“你怎么在这里？”

尹言尴尬又不失礼貌地微笑道：“常小姐，好久不见。”

常思美目怒睁，却看到尹言身着沈氏集团的职业装，不由得疑惑地问：“你在耍什么花样？”

尹言左看右看，见走廊上没有人注意到这边，便压低了声音说：“我的任务还没结束啊。”

沈凝与龙威镖行签合同的事，只有沈老爷子和当事人知晓，因此，常思自然是不知道的。

常思捂着嘴讥诮道：“你以为你是谁？这里可是福兰市，是沈氏集团，你以为这里还是那个鸟不拉屎的疾风馆啊！”

尹言挠了挠头，不爽道：“怎样？看我不爽叫沈总解雇我啊，只知道在我这里放狠话有什么用？”

“你！”

“你什么你？是不是在沈时煜旁边的女人你都看不顺眼，你眼界这么窄，你怎么不去找沈凝麻烦！”

大清早的毁人心情给人添堵！

尹言不再理会常思，径直坐下，开始准备今天的工作。

常思被尹言怼得哑口无言，又无可奈何。

她眼珠转了转，眸子里霎时充满了算计：“下周一，集团里的保镖会进行一场格斗比赛，被刷下来的就要离开沈氏集团。如果你觉得你的身手可以匹敌那些厉害的保镖，那你自然可以名正言顺地留在沈氏集团。而我，就再也不找你的麻烦！”

尹言闻言，有些心动，却还是装成一副若无其事的模样，说道：“你找不找我麻烦那是你的事！”

“哼，如果我告诉沈爷爷，时煜哥哥身边有个身手不明的菜鸟保镖，你觉得他会怎么样？”

常思说完，挑衅地看着尹言。

尹言也回之谁怕谁的眼神，说道：“好啊，一场比试而已！”

“那我就拭目以待！”

尹言看着常思扬长而去的背影，垂下了头，心情开始有些沉重。

于是她打开电脑想要查阅一下关于格斗的技巧，却发现网页怎么也打不开。

尹言问道：“刘特助，网页怎么打不开啊？”

刘特助回道：“哦，沈副总说上班期间看外部网有损身心健康，想看的话必须找他申请！”

有损身心健康？

还不如找个影响工作的理由呢！

尹言撇撇嘴，不置可否。

这些天沈时煜也总是忙得不见人影，于是尹言暂时抛却了那件让她心动不已的事情，一头扎进了格斗研究中。

可是研究归研究，远没有实践来得实用。

找谁呢？

钟傲天？算了吧，那个长舌妇加自大狂一定喋喋不休地阻止她。

突然，她脑中灵光一闪，出现了一个最为适合的人——莫靖垣。

他作为暗部的太子爷，自然打小接受训练，各种各样的招式肯定都很熟悉，谁还能比他更适合呢？

于是她兴致勃勃地给莫靖垣打电话，说明来意，她想了想，还是隐去了比赛的事，只道是为了加强练习。

“练习？”莫靖垣掏了掏耳朵，确定自己没听错，“你可是第一个给我过肩摔的女人！”

“呵呵，我那是走运而已。”尹言尴尬无比，“你不是暗部的嘛，格斗技术自然比我不知道要好到哪里去了，能不能教教我一些一招制胜的方法？”

格斗技术不是一年两年就能学好的，更别提只剩四天时间了。

既然技术不够，那就只能用偏招了。

尽管她对自己没有信心，但不去尝试，怎么知道行不行呢，毕竟她有主角光环加持啊。

“技术？真没有。”

“啊？”尹言急了，“作为杀手组织的太子爷，怎么可能不会呢？”

“因为我是太子爷，所以我妈舍不得我吃苦啊。我为了这事，我爸经常恨铁不成钢地骂我。训练嘛，也就是锻炼身体，增强体质而已。”

尹言的心凉了一半：“你技术不过关哪来的自信去杀沈时煜？”

“难道我荣耀集团的名头不够响亮吗？一般人看到我这身

行头就知道怕了！”

“再见，打扰了！”

尹言面无表情就要挂断电话，却听到莫靖垣在那边急急叫住她：“哎，你等等啊。虽然我不会，但我没说我认识的人也不会啊。”

按着 ×× 地图上的指示，尹言找到了莫靖垣给的格斗培训俱乐部的地址。

她站在俱乐部门口，看着巨大的招牌，胸口剧烈地起伏着，双手握了握，毅然决然地走进去。

这年头学习格斗技术的大多数是为了锻炼身体增强体质，像尹言这样奔着职业比赛去的人很少，更何况还是个身材娇小的女人。

好在有了莫靖垣的交代，与尹言进行训练的是一位以前得过格斗比赛冠军的职业选手。

这位教练并不因为尹言是女人，而动作放轻、手下留情。

在第四十七次被横踢踢中的时候，尹言再也吃不消了。她身上的运动服全都被汗水湿透，头发也湿答答地粘在脸上。她做了个打住的手势，一瘸一拐地坐在地垫上。

教练踢腿的那一瞬间，比眨眼的速度还快，还没来得及看清，腿就已经招呼到她身上来了。

她有些沮丧，她的速度完全不行，还未出手，就已经出局。

在身经百战的专业保镖面前，她连作为对手的资格都没有。

从俱乐部出来，夜幕早已挂上了天空。

深秋的寒风似乎可以透过皮肤上细小的毛孔，钻入身体的每一个细胞。

这样的季节，这样的状态，一股惆怅的感觉向她心头袭来。

自从接下常思的宣战后，尹言开始努力地练习。

当然白天的时候，她还是那个兢兢业业的小助理。

尹言自上次被吻后的第三天才见到沈时煜。

他好像清瘦了不少。

茶水间里，等待水开的尹言出了神。

“嘶！好痛！”

她端起杯子的那一刹那，突然又放下，差点把杯子掉在地上。

训练时，她总是用手臂去抵挡教练的腿部进攻，她的手臂已经酸痛得都端不起杯子了。

尹言双手交叉按揉了自己的手臂，这才重新端起杯子敲门进了办公室。

沈时煜穿着简洁的白衬衫，却好似从头到脚都闪耀着光芒。

他正全神贯注地看着手中的文件。

尹言避开他的脸，盯着他的衬衫扣子，小声说道：“沈总，咖啡。”

“嗯。”

沈时煜并未抬头，余光却察觉到她的不对劲。

她端着咖啡的手一直在抖，杯子触碰桌面的声音比寻常都要大一些。

他的黑眸沉了沉，端起咖啡抿了一口。

尹言下意识地侧头，恰好与他的目光撞上。

他正眸光幽深地望着她，若有所思的样子。

尹言心里咯噔一下，慌忙避开他的目光，脸也瞬间热了起来。

真的是视线落在他身上便无法挪开啊，还好她反应够快！

“尹言。”沈时煜冷不丁地发声。

晃神的尹言被逮了个正着，见沈时煜正盯着自己，她难掩窘迫地伸手捋了捋凌乱的鬓发，问道：“沈总，有什么事吗？”

“等一下开董事会议，你将这份文件处理……”

尹言怕自己记不住，赶紧拿来了笔和本子准备一项项记下来。

可是当她握起笔准备写字时，整个手臂无论如何也使不出来力气，甚至握着笔的手都在抖个不停。

“你的手怎么了？”沈时煜眉毛一挑，向她靠近。

“没、没事……啊！”

沈时煜一把抓住她往后背缩的右手，挽起她的衬衫袖子，看到她胳膊上满是大片大片的瘀青和红肿，眉心顿时皱起来。

他的黑眸始终凝在她素净的小脸上，透出一股高深莫测，仿佛望进她的心底，想要窥探她的秘密。

尹言赶紧抽回手，放下袖子："就是，刮痧拔罐知道吧？女人嘛，每个月总有那么几天不舒服。"

沈时煜冷冷看着她不自然的脸，默不作声地将医药箱取了下来，拿出里面的药油瓶，说道："瘀伤最好当天搓散，不然会造成肌肉损伤。你去的这家店连这点都不懂，不会是你在路上被拐过去的黑店吧？"

原本紧张的气氛一下被他的话打散，沈时煜他总有这样的能力。

他没有提那晚的事，尹言知道自己太过在意的话只会显得傻气，便也装作什么事都没发生的模样。

当她准备接过药油的时候，沈时煜已经拧开了瓶盖，将药油倒在他自己的掌心。

还未等她反应过来，他再次掀开她的袖子，仔细地揉着她手臂上的瘀伤。药油的气息弥漫在空气中，浓烈而刺鼻。

尹言呆在原地不敢动，脸颊有些微红。她偶尔飞快地看他一眼，他都是在专注地揉搓她的手臂，眉心紧皱。

沈时煜揉搓着她伤得青青紫紫的肌肤，见她痛得悄悄咬住嘴唇却一声不吭，不由得把手劲放轻些。

"那个，我……"尹言想说点什么。

"嗯？"沈时煜的手指停顿了下，接着又继续搓揉。

“我、我愿意等。”她目光坚定地看向他，微笑道。

看着她小鹿般亮晶晶的眸子，沈时煜唇边染上一抹淡淡的笑意。

这种心照不宣的感觉，让尹言觉得胜过嘴里说出来的任何好听的话。

“好了，记得去超市买瓶去角质的沐浴露，你看，角质层都被我搓出来了。”

沈时煜你真的是聊天终结者，一句话把天聊死了！

一到下午五点半，尹言便匆匆忙忙地离开了集团。

而办公室里，来了一位不速之客。

莫靖垣跷着二郎腿坐在软软的真皮沙发上，无比惬意，笑着说：“没想到啊，你从疾风馆带回的那双草鞋真的是创始人留下的所谓的宝藏。”

沈时煜头也不抬，并未理会。

“现在董事们大部分都投向了你，不得不说你的商业头脑与沈老爷子有得一拼。”

“会说好话就多说点，我接受你的夸奖，但并不表示我接受你的羡慕嫉妒恨。”沈时煜的视线定在电脑屏幕上，斜睨了一眼他，“无事不登三宝殿，有什么事？”

“你还真是一点都不谦虚啊！”莫靖垣嘴角微微抽搐，“明晚有格斗比赛，听说被刷下来的就得离开沈氏集团，既然你们不要，那就来我们暗部好了，你也是这方面的高手，你替我参考一下，该留下哪些人。”

“不感兴趣。”

莫靖垣说：“欸，谁不知道他们签了三年的保密合约书啊。即使你们不要，他们三年内也不能受聘于任何公司嘛。”

沈时煜冷冷瞥了他一眼，继而又盯着电脑屏幕看。

莫靖垣见他一副不想搭理的样子，漫不经心道：“前几天尹言打电话给我，问格斗技术哪家俱乐部强，想不到她对这方面也这么感兴趣。那我明晚约她去看好了，我们一起挑选适合的人。”

沈时煜闻言，面上表情依然淡淡的，而眸色却渐渐转深，冷冷地说：“她懂什么。明晚吗？好啊，本少爷出场观看，半小时五位数。”

“你！”莫靖垣咬牙切齿，却又无可奈何，“行吧。”

沈氏训练营。

尹言走出换衣间，身着赛服，彰显着蓄势待发的力量，然而相比其他选手，她显得弱不禁风。

好比此刻站在格斗场上的她瘦削单薄，而她对面的 5 号女选手肌肉横生，身形与男人有得一拼。

赛场上的口哨声不绝于耳，除了沈氏集团内部的人外，还有闻讯而来的外来人员。

观众席上，莫靖垣同身边的人在偷偷下注，赌输赢。

莫靖垣发现女子组有一个人特别眼熟，直到看清楚后，他整个人傻掉了。她抬手指着那一处，声音有些颤抖：“那个人、那个人，不是尹言吗？”

沈时煜顺着他手指的方向看了过去，视线触及尹言那张漠然的小脸时，眼神冷沉得可怕，看不出情绪：“对，就是她。”

他的声音一如既往地平静无波。

沈时煜虽然外表淡定从容，但并不代表他的内心也是波澜不惊。

比赛开始的铃声如约而至地响起。

尹言紧了紧拳，抬头挺胸地向赛场中央走过去。

她屏蔽了外界的一切声音，那双看向对方的眼睛，凝聚了不可摧毁的坚定。

拳风扫过耳畔，她敏捷躲过而后回击。

两道身影厮打在一起，牵动着无数人的心。

不多时，尹言呼吸越来越重，脸上和身上已经挂了彩。因着这几天高强度的训练，她明显吃力了许多，面对对手的攻击，竟是连连后退。

一记勾拳，尹言被打倒在地，她吞咽着喉中腥咸的液体。血汗淋漓中，她几乎看不清对手的样子，只能感觉到身上泛起一阵阵麻木的钝痛。

嗡响的耳畔，开始传来裁判的倒计时——

“十，九，八，七……”

不、不行！

不能输！

输了就不能待在沈时煜的身边了！

输了就要面对常思的无理取闹和嘲讽了。

尹言，你快起来！

脑海中不停地回响着各种声音，尹言蓦地睁大眼，额头青筋凸起，她好像化为一头被逼到悬崖边绝地反击的凶狠猛兽，挥着利爪，挠向骑在她身上的强悍女人！

这一刻，全场掌声雷动。

就连沈时煜都不由得变了脸色。

莫靖垣激动地说：“我就说尹言爆发力惊人！一招锁喉反败为胜，妙啊！”

沈时煜的嘴唇紧紧抿成了一条直线。

反败为胜？

怕是临死前的回光返照吧。

这女人到底在固执什么？

沈时煜眯着眸子，左心房的位置，因看到尹言再次倒下而隐隐泛痛。

如他心中所想，这一回，她不是绝地反击，而是回光返照。

尹言拼尽了最后一口气，依然听到了自己腿骨“咔嚓”一声响。

恰好在这时，哨声吹响，终结了这场比赛。

她……输了。

尹言躺在地上，呆呆地看着上空，直到眼前出现一片黑影。她傻傻地笑了，眼角却开始流泪：“我是被打糊涂了吗？怎么看到了你这奇葩……”

奇葩？

原来在她心里，他是这么个形象。

沈时煜蹲了下来，深深地看了她一眼，冷冷道：“原来你的刮痧拔罐方式是这样的？”

刮痧？

等等，这声音——

不就是沈时煜的吗？

原来不是幻觉啊！

尹言眨了眨眼，忽然意识到什么，忙抬手遮住了自己的脸：“不是我，你认错人了！”

“你可真行！”沈时煜深吸了一口气，拉开她的手，在她害怕得双眼紧闭时，弯腰将她抱了起来，“你最好给我一个合理的解释，不然，另外一条腿我也给你打残了！”

尹言被他吓得身子都颤抖了一下，小手紧紧地抓着他的衬衫一角，惊惧之余还忍不住偷瞄他。见他神情骇人，她一颗心都提到了嗓子眼。

她张了张嘴，刚想说话时，又被他一记凌厉的眼风吓得尴尬地缩进了他的怀里。

而这一抱，更是引起了训练营里的轰动。

沈大少爷抱着一个女人？

他抱着一个刚刚在格斗的女人？

观众席上一片沸腾。

尹言生无可恋地把头埋在沈时煜怀里，沈时煜垂眸，凝视着那乌黑的小脑袋，声音冰冷：“先去医院。”

但凡有点眼力见儿的人，听了沈时煜这话，大抵知道他和这个女人是什么关系了。

拐角阴暗处，有个白发苍苍的老人坐在轮椅上，静静地看着方才发生的一幕。

第十章

兜兜转转，他还是原来的沈时煜

福兰私立医院 VIP 病房。

尹言做完了一系列检查，此刻正躺在轮椅上眼巴巴地看着主刀医生，可怜兮兮地问："大哥，我会残废吗？"

主刀医生给了她一个最官方的回答："手术成功的话行走没有问题。"

"那就好。"尹言舒了一口气。

她正暗自庆幸时，耳畔传来沈时煜冒着寒气的冷冽之声："手术全程不要麻醉，直接做就好。"

"为什么不麻醉？"尹言简直不敢相信自己的耳朵。

"你不是很能打吗，要什么麻醉。"

"我又不是铁人。"

尹言的最后一个字音，因着沈时煜扫过来的冷厉眼神而弱了下来。

尹言闭嘴，趁沈时煜回头之际，双手合十，对着医生做着拜托拜托的手势，待某人看过来时，又忙把手缩了回来。

她这般可怜兮兮的模样，看得医生会心一笑："这里是医院，凡事都得听医生的，哪有不打麻药的道理。”

“嗯嗯，大哥说得是。”

尹言赶紧搭腔，刻意避开沈时煜那灼人的视线。

而沈时煜心里却堵得不行。

他想对她破口大骂质问她为什么要参加比赛，却在看到她红肿的侧脸，还有手臂和大腿上的青紫瘀伤时，又什么话都说不出口了，只能干坐着生闷气。

手术灯灭了。

尹言被推了出来，面色苍白，仍处在昏迷中。

莫靖垣这时来了一趟，见沈时煜坚持守在医院，突然明白了些什么，坐了一会儿便走了。

莫靖垣走后，沈时煜待在病房里照顾尹言。

临近凌晨，他关了灯，和衣躺在床上，闻着空气中淡淡的消毒水味道，难以入眠。

他借着月光，看向邻床的尹言。

她睡得并不安稳，兴许是麻醉药效过后身体的痛楚，让她眉头紧蹙，身子不停地发抖。

沈时煜缓缓起身，才坐在床边的凳子上，便看到她的双眸睁得大大的。

“醒了？”

“嗯。”

尹言低声应着，缓过神来后揪着被子忸怩了许久，才红着脸小声道：“我、我想上洗手间……”

她腿上有伤，行动不便，所以上洗手间的话，得有人扶一把。

眼下，能扶她的也只有这位爷了。

“在疾风馆时，你一个人不是挺能耐的嘛。”

他说的是那一次尹言拔刀后养伤的过程中，上洗手间和洗澡，都坚持亲力亲为。

尹言有点窘，毕竟麻药才散，她整个人都不怎么好。

她眼角余光瞥到某人冷硬的侧脸时，顿时觉得还是自己爬过去比较好。

尹言正试图自己下地时，身子忽地腾空。沈时煜将她打横抱了起来，冷冷地问道：“你的腿是不是不想好了？”

尹言心塞，因自知理亏，所以此刻就算被嫌弃也乖得跟只小猫咪似的。

进了洗手间，她还来不及让他出去，他便利落地将她按在了马桶上，说道：“快点！”

“……”

快点？

什么意思？

他不打算出去吗？

尹言都快羞死了，而沈时煜一脸阴沉地瞪着她，吓得她尿都要倒流了。

“那个……你是不是应该出去？”

沈时煜倚在门框上，冷哼道：“这种时候还知道男女有别了？”

“你在这儿我没法上厕所，你出去，把门关上！”

“还蹬鼻子上脸了？”沈时煜本就不耐烦，心里早就蓄了一股无名火，被她这么一折腾，哪会给什么好脸色。

至于尹言，平白被他呵斥只觉得委屈极了，撇了撇小嘴，连带着眼眶都红了。

她就想上个厕所，还要被他吼，哪有这样欺负人的？

尹言梗着脖子咬牙单腿站了起来，推开他就往外蹦。

她这副倔驴样，看得沈时煜的脸更黑了。

她蹦得急，腿又痛，没几步就摔了。幸好沈时煜手快，扶住了她的腰，大声喊道：“大晚上闹腾什么？”

“哪里是我在闹，明明是你，你凶我！”

沈时煜深深地看了她一眼，又轻轻叹了口气，冷着脸重新抱起她。

而尹言这次很配合，然而，偏头的刹那，她的唇瓣不小心轻擦过他的脸畔。这蜻蜓点水般的柔软碰触，惹得两人皆是一怔。

还是沈时煜率先反应过来，垂眸凉凉地睨了她一眼，说道：“色诱，没用。”

色诱？

尹言愣住了。

她一看到他紧绷着脸，知晓他肯定也在生气，还是不顶嘴了。

在他将她放回床上时，她拉住了他的衣角，轻柔地说："你不要生气了。"

尹言说这话时，是小心翼翼的，见沈时煜依然表情冷漠，只得硬着头皮继续说下去："我、我参加比赛，是有原因的。"

沈时煜的神色依旧淡淡的，并未开腔。

尹言平时也不是忸怩的人，除非是难以启齿的事情，但现在她感觉有些难以开口："我、我如果不赢了这场比赛，就没办法……留下来了……"

说完，她垂下头，内心极其失落。

沈时煜定定地看着她，声音中冷意不减："所以你参加这种比赛，是担心这个？你是对我没有信心，还是对自己没有信心？"

尹言磕磕巴巴地解释道："我知识水平不行，业务能力也不行，经济条件更不行……我……我就格斗方面好一点，我知道我不自量力，可是不努力一下，怎么知道行不行呢？万一我成功了呢……可是、可是我连这个也做不好，我、我输了……"

病房里静静的，除了两人的呼吸声，再也听不到其他声音。

沈时煜没有动静。

尹言自顾自说下去："我知道我们的差距，但还是想要努力试试……就算不可能，但最起码，我尝试过了……”

不努力，怎么知道绝望是什么感觉呢？

不尝试，怎么知道成功与否呢？

就算别人都说是徒劳无功，可人生有那么多未知的可能与收获，越努力越幸运不是吗？

尹言深吸了一口气，抓住了沈时煜的胳膊，捏得他面料上乘的衬衫都皱了，她继续说道：“所以，你不要生气了好不好？你也知道，受伤和胜负乃武学家之常事嘛。”

她嗓音软糯，认错间隐隐夹杂着几分撒娇，任哪个男人听了，都不忍心拒绝。

尹言仰着头，一双水眸亮若星辰，见沈时煜继续沉默，小手不自觉地捏了捏他的手，恳求道：“可以吗？”

沈时煜感受着掌中的温软，双眸黑了几分，平静地说：“我考虑一下。”

尹言似触电般，忙松开手，笑着盖上被子，过了几秒又掀开，再次红着小脸道：“那个，我、我还是想上洗手间……”

“……”

在得知 VIP 病房一天的费用高达五位数时，尹言无比听话甚至积极主动地配合医生护士进行治疗，所以她恢复得很快。

沈时煜从公司驱车来到医院，刚进病房，迎面扑来一股浓浓的泡面味，让他眉心一皱。

他半眯着眼，扯下领带直接甩在了坐在病床上看着平板电脑、吃着泡面、好不惬意的尹言头上。

这一甩，吓得尹言直接蒙了，她嘴里还叼着一根泡面，转过头便见着沈时煜臭着一张脸。

“啊，哈哈哈，方才格外想吃泡面，所以……”尹言尴尬地解释着。

沈时煜目光沉沉地坐下，看了看她的腿，又看了看她的脸色比前几天好了许多，神情这才放缓了许多。

他叹了口气，说道：“以后别再吃泡面了。”

尹言赶紧嘬了最后一口，将泡面碗推得远远的。

“闻起来就像死了很久的鱼一样，那种腐烂的味道你知道吧……”沈时煜开始形容泡面的味道。

“呕！”尹言干呕了一声，赶紧跳起来捂住他的嘴制止他继续说下去。

说话声戛然而止，病房里突然变得很安静。

手掌心的温热传递过来，吓得尹言赶紧收回手，向后退了退，压下心慌意乱，说道：“我刚吃完呢，你不要说这么倒胃口的话。”

沈时煜保持端坐的姿势不变，轻声道：“我带你去见一个人。”

尹言下意识地问：“什么人？”

沈时煜却白了她一眼，说：“去了你就知道了。”

白色的陆巡行驶在绿化带越来越多的柏油路上，尹言心里隐隐有些不安。

随着车辆进入有些锈迹却不失气派的大门，她心里的不安越来越重。

下了车，进入眼帘的便是院子里种满花花草草的别墅。

别墅有些古老，外观和风格都像是上个世纪的建筑一样。

“沈、沈总……”她走得有些僵硬，整个身体有些抗拒。

第六感告诉她，住在这里的人，非同一般。

事实证明如此。

一位中年大叔从里面匆匆出来，见到沈时煜后微微点头，说道：“少爷，你来了。”

“他人呢？”

“正在书房，我这就去告诉老爷。”

尹言站在璀璨的水晶灯下，大理石地面倒映出她无比紧张的模样。

沈时煜见她双手紧握局促不安，拍了拍她的肩膀，面部表情没有什么太大的变化。

不一会儿，中年大叔就出来了，说：“少爷，请进去吧。”

中年大叔顿了顿，看着尹言迟疑道：“这位小姐，不如随我去花园里坐坐。”

尹言还没反应过来，沈时煜的脚步马上一转，说道：“那我也去转转。”

“你这个不孝子！”书房里顿时传来中气十足的骂声，“离家三年，回来的第一件事就是跟你爷爷我作对吗？”

爷爷？

沈时煜的爷爷？

那个叱咤商界，堪称不败传奇的沈老爷子？

尹言顿时觉得整个人都不好了。

沈时煜只说带她去见一个人，并未说见谁。

虽然她没有太刻意打扮，但好歹是见大佬啊。

此时此刻，她不仅手脚在抖，连心都在抖。

话音刚落，老爷子坐着轮椅从书房里出来，他年过六旬，早已白发苍苍，但面容刚毅，浑身散发着一股军人独特的威严。那面无表情的模样，倒是和沈时煜有些相像。

“你进来。”老爷子说道。

沈时煜站在原地不动。

老爷子脸色相当难看，目光从他身上掠到站在他身后的尹言身上，皱眉道：“你从哪里带回的不三不四的女人？”

沈时煜冷冷转身，拉着尹言就往外走。

尹言转身的刹那，瞥见老爷子的脸色奇臭无比，不安地轻声道：“这是你爷爷啊，这样不太好吧？”

“你数到三。”

“什么？”

“数。”

尹言将信将疑地数着：“一，二，三……”

“你给我回来。”老爷子的暴吼声在身后响起。

沈时煜继续走。

“还有那个女的。”老爷子继续吼着。

沈时煜脚步不停。

“还有那位小姐。”“小姐”两个字好像是从老爷子的牙缝里挤出来的。

沈时煜终于停下脚步，缓缓转过身，眸子里有抑制不住的得意。

一旁的尹言目瞪口呆。

书房里的气氛十分沉闷。

老爷子余怒未消，眼神像两把钳子，狠狠地夹着沈时煜的脸。

而沈时煜倒是事不关己般坐在椅子上自斟自饮。

老爷子瞪了他很久，见他没有反应，立刻转头对尹言道：“你杵在这里做什么？”

老爷子气场太过强大，尹言赶紧点头弯腰礼貌地鞠了个躬。

她也不想杵在这里啊，刚刚明明是他叫她回来的。

老爷子又道：“怎么，连话都不会说？是哑巴吗？”

尹言哆嗦着回道：“不是哑巴。”

“那我问你，你怎么不说话？”老爷子转头看向沈时煜，“这么蠢的女人，你看上她哪里？”

那天在训练营里，他从未见过沈时煜有过那么冲动的一面，不顾一切后果冲到赛场上抱起这个女人，不顾媒体如何报道，在那种关键时刻，他一向沉稳冷静的孙子竟然为了这个女人……

沈时煜平静道：“你看不上的所有。”

老爷子立刻恨恨地瞪着尹言。

尹言表示很委屈。

“回来这么久你也知道来看我了？”老爷子持着拐杖狠狠地敲了敲地面，冷哼道，“是来看我死没死是吧？”

沈时煜将茶杯放回红木茶几上，悠悠道：“据我所知，爷爷休养的这段时间里闲情十足，很是潇洒，和隔壁李奶奶跳双人舞眉来眼去，和郑大爷下棋经常争到差点大打出手。”

老爷子一口气硬生生卡在喉咙里，只能吹胡子瞪眼睛傲娇地看向别处。

沈时煜扯了扯嘴角，起身拉过尹言，两人并排站着，他脸上是常年不变的严肃表情：“爷爷，这是尹言，是要和我共度余生的人。”

尹言转头看向一侧的沈时煜，嘴巴不由得张成了“○”形。

她没有听错吧？

同样的，老爷子的内心也无比震撼。

时煜说的是“我要”，而不是“我想”。

他一直以为自己了解这个孙子，现在却发现自己一点也不了解。

沈时煜不是来询问他的意见，得到他的支持，而是直接告诉他做了这个决定。

他有种权威被挑战的感觉。

老爷子冷哼道：“她什么学历？是哪家的千金？父母是做什么的？”

他说着，锐利的视线直直投在尹言脸上：“你自己来说！”

“我……”

尹言犹豫着正要开口，沈时煜却挡在了她的身前，声音沉稳却又坚定：“爷爷，我的妻子不需要那些花里胡哨的外在装饰。”

沈时煜也曾想过为什么会喜欢尹言。

他以为自己不会打开心扉去接纳一个人，以为自己会听从爷爷的安排同一个陌生女人结婚生子。

他在疾风馆初见尹言时，只觉得她又烦又聒噪，即使杀手出现他也能冷眼旁观。

他见多了貌美如花、知书达理的名门闺秀，也见多了气质优雅、漂亮端庄的职场女性，却是第一次从她身上见到了朝气满满、活力四射。

或许是那一次密室里她认真寻找的模样，或许是那一次她拔刀时强忍着痛的侧颜，或许是每一次她面对身手未知的杀手总挡在他身前……

她一点点在努力，一直都没放弃，反而越挫越勇，那积极向上的毅力深深吸引了他。

尹言看着他严肃的轮廓，眼眶有些酸胀。

她轻轻拉了拉他的衣袖，却被他反手握住，他掌心里的温度无声地给了她莫大的勇气。

沈老爷子暗暗惊叹，虽然他一直不肯承认，但此时此刻，他真的老了啊。

他的儿子因为他的一意孤行，被迫娶了一个才见过一面的富家千金。

两人婚后一直相敬如宾，鲜有交流，对待什么事都是公事公办，甚至对儿子沈时煜的教育亦是如此。

沈时煜十岁的时候，母亲因病去世。

沈凝，哦不，那个时候她还是叫方凝，便进了沈家。

沈凝为了讨沈老爷子欢心，嫁入沈家便换了夫姓，一直伏低做小，完美掩饰了自己的锋芒和野心。

直到沈时煜的父亲去世，她便有了大展身手的机会。

她频繁地参加名媛贵妇的派对，利用自己的资源进入上流社会。之后还拉拢董事会成员，与其他公司进行商业合作巩固自己的地位，更是将自己的娘家人，甚至是一些八竿子打不着的亲戚安排进了沈氏集团。一时间她的权力达到了顶峰，完全可以一手遮天。

想到这些，老爷子神色凝重，双眼闭了闭，又睁开。

他没想到他孙子的能力比当年的他有过之而无不及。

短短数月他便将大权掌握在手，哪怕沈凝气急败坏联合董事会施压，沈时煜总是能够轻松化解一切。

他望向沈时煜那双尽显傲气的眼眸，心忽然落定了。

罢了。

他已经剥夺了沈时煜风华正茂的三年时光，怎么还有资格去剥夺其想要争取的幸福。

但，他还是不高兴。

“那我生病了，我要这个丫头在医院照顾我。”老爷子说道。

“你有专程从国外请过来的医疗团队，她毛手毛脚的，我怕你老人家犯高血压。”

“我不管，我就要。”

一旁的吴管家看着自家老爷跟三岁小孩一样耍赖的口气，目瞪口呆。

尹言同样惊讶得下巴都快要落到地上。

而沈时煜依然是冷静淡漠的模样，清俊的脸庞却柔软了许多。

他知道，爷爷是同意了。

虽然无论爷爷同意与否，他的心意已定，但总归是得到了爷爷的认可，得到了爷爷的肯定，也平息了他内心小小的紧张和不安。

从老宅出来，尹言坐在车后座上格外紧张。

她坐得离沈时煜远远的，不敢靠近，更不敢看他。

一切都发生得太快，她还没有消化，不知道该怎么面对。

而沈时煜像是什么事也没发生一样，拿出笔记本电脑搁在腿上开始远程工作。

好嘛，原来只有她一个人在心慌。

尹言看着窗外疾驰而过的风景，嘟起嘴极其不满。

沈时煜的余光瞥见她鼓起的腮帮子，双眸软了软，又专心致志地投入了工作。

车不知行驶了多久，直到尹言开始昏昏欲睡，沈时煜才收起笔记本，淡淡地开口：“到了。”

“到了？”

尹言立刻清醒过来，她趴在车窗上，眨巴着眼睛，看到这一整条街上熙熙攘攘、人来人往。

她回头用疑惑不解的眼神看着沈时煜。

沈时煜眉眼间隐隐有些笑意：“你不是说了解一座城市要先了解它地道的美食和文化吗？这里便是。”

这条长达一百多米的百年老巷，是深藏着经久不衰的小吃第一巷。

这里除了有传统的小吃外，还有许多特色小吃。

沈时煜下车前，戴上了那副令人不想再看第二眼的面具，并戴了顶帽子。

尹言随着人群向前走着，双眼早已应接不暇。

沈时煜看着她兴奋不已的模样，很自然地将她护进怀里，以免有些不长眼的人只顾观赏不看路撞到她。

长巷里多的是成双成对的情侣，他们或是勾肩搭背，或是手牵手闲谈着。

身高腿长的沈时煜在挤来挤去的人群中格外醒目，尹言抬头就对上了他沉静如水的双眸。

有人这时挤过来，被他轻轻用手挡开，然后，他牵起她的手，像无数普通的情侣一样，肩并肩，亲密无比地走在长巷上。

身旁有沈时煜的呵护，尹言不得不承认，这种感觉令她无比心安。

尹言一路左看看右看看，原本牵着他的手变成了挽在他的手臂上。

他们看到变魔术的艺人会拍手叫好，见可怜的乞讨者会主动上前给一些钱，看到好吃的会买上一份两人一同分享。

凉亭下，尹言摸着圆滚滚的肚子休息。

沈时煜拿出手机打开计算器噼里啪啦算个不停。

“你在算什么？”

沈时煜头也不抬，说道：“我在算你刚刚浪费了我多少时间用了多少钱，我的出场费用是半小时五位数。”

尹言没好气地翻了个白眼。

沈时煜侧目打量了她一番，突然靠近在她唇上啄了一下，低低笑开：“这个，算利息吧。”

讨厌！

尹言霎时脸红不已。

甜蜜的时光总是十分短暂，老巷子四通八达十字路口多，无人的片区也多。

两人漫无目的地来到一条相对安静的空旷行廊时，前后左右突然出现十几个身穿黑色西装的男人，手里还提着铁棍似的东西。

同在游轮上遇到的精神小伙不一样，他们明显训练有素，且身手不凡。

尹言下意识地往沈时煜身前站，却被他拦住。

她一下子愣住了，看着他的眼睛，却只看到一片深不见底的黑。

“你不跑吗？”他抿唇沉默，然后轻声说道。

她看着越来越近的西装男们，急急道：“我不会丢下你一个人的……”

她的话还未来得及说完，沈时煜的反应快得惊人，一脚踢开冲上前来的一个男人，并迅速夺过对方手里的铁棍，侧头对她大喊道：“报警啊。”

话音刚落，沈时煜猛地推开她，替她挡住另一侧上前偷袭的人。

尹言的心往下一坠，见他转身敏捷地抵挡左右袭来的人，她眼疾手快地捡起地上的铁棍，一下挥在其中一人的身上。

她怒吼道：“敢打我老公，我跟你们没完。”

于是，双方扭打成一团。

就在这时，西装男们像是发现了什么，其中六人围着沈时煜不断攻击，而其他人则开始逼近尹言。

此时的她因着腿伤还未痊愈，喘气声越来越大，呼吸越来越急促，汗水自额头上流下遮住了眼睛，她的视线逐渐模糊不清，却连擦一擦的时间也没有。

不好，他们想从她身上突破。

尹言马上转身逃跑。

她跑得很快，把后面几个人甩得远远的。谁知她刚跳下台阶，头发就被人用力地扯住，“啪”的一声，一个巴掌甩在她的脸上，令她脚下不稳，狠狠跌落在地上。

“继续跑啊！”

为首的西装男气喘吁吁，面容狰狞。

尹言挣扎着起身，将喉咙里涌出的血吐了出来，说：“这么多男人欺负一个女人，算什么男人！”

为首的西装男听了轻蔑道：“我们只管拿钱办事，只要有钱，把我们说成人妖都无所谓，只要速战速决。”

西装男眼尖地发现尹言的右腿一直在抖，熟悉格斗的人都知道，这是受过伤的表现。

于是他向旁边的人使个眼色，其他人立刻心领神会，大步上前一脚踢在尹言的右腿上。

没有防备的尹言右膝狠狠砸在地上，刺骨的疼痛瞬间钻入骨髓。

眼看着那闪着寒芒的铁棍就要落下，忽地眼前一黑，她被拽入一个熟悉的怀抱，只听见这人闷哼一声，然后她就闻到了一股血腥味。

“沈、沈……”

她的眼泪再也控制不住地流下来，越涌越多。

隔着衣料，她都能感觉到他的心脏飞快跳动着，他抓得很紧，紧得发疼。

接二连三的闷响不断在上方响起，无论尹言怎么挣扎如何想要挣脱，都无济于事。

直到警笛声铺天盖地般响起，尹言的心一松，紧绷的身体也随之松懈，随即晕了过去。

刺鼻浓郁的消毒水味扑鼻而来，尹言猛然惊醒，才发现自己手上挂着点滴，莫靖垣正坐在床边。

“沈时煜……沈时煜，他怎么样了？”

她一把扯下针头，挣扎着下床，却被莫靖垣按住。

“他还在昏迷中。”

莫靖垣一改往日的轻佻，神情颇为严肃。

尹言心颤了一下，眼眶越来越红，眼底充满了恐惧：“那、那……”

莫靖垣叹了一口气，不知道该如何解说：“随我来吧。”

他推着坐在轮椅上的尹言进了电梯，直接上VIP病房，两人才刚出电梯门，便被四名西装革履的保镖挡住了去路。

见是莫靖垣，他们又自觉地让开了路。

只能在重症病房的玻璃窗外观望，尹言从来没有看到过这样的沈时煜，他浑身插满了管子，身旁摆满了各种仪器。他就那样安静地躺在那张病床上，静悄悄的，毫无生气。

身后，老爷子沉重又绵长的声音响起：“你看到了，他此刻离不开这里。”

她脸上的血色急速褪去，取而代之的是病态的苍白，她想说对不起，却怎么也说不出口。

说对不起有什么用呢？这是世界上最苍白无力的辩解。

老爷子重重的叹息声钻入了她的心底。

此后的每个夜晚，尹言都会守在重症病房的门外。

直到某一天清晨，有人突然发现，医院里再也没有尹言的身影，她从沈氏集团辞职，整个福兰市再也没有了她的踪迹。

自走廊到医院的大门这一段路，尹言走了很久很久。

她在大门口不敢回头看，视线里都是街道的车水马龙，眼睛酸胀又苦涩。

“嘀——”

有汽车喇叭声在旁边响起。

尹言下意识看去，车窗摇下来，露出常思不高兴的脸。

常思冷冷地说道：“上车！”

医院附近的咖啡厅。

与穿着简单的服装，随意的坐姿的尹言不同，常思很讲究坐姿，名牌的手包放在旁边，妆容精致，脸上却没有半分笑容。

尹言看着眼前透明的玻璃水杯发呆。

“其实我挺羡慕你的。”常思突然说道。

尹言回神，深深吸了一口气：“我不想听你的长篇大论要我离开沈时煜，说我是害人精之类的话。如果你今天是来指责我，我更不想听。”

这些天她已经懊悔自责了无数次，也已经麻木了。

常思愣了愣，没想到尹言会如此直接，原本准备好的长篇大论一下子被忘却在脑后。

常思愤恨地瞪了瞪尹言，便单刀直入地问：“所以呢，你的决定？”

她的决定？

尹言恍惚，心中泛起丝丝缕缕的疼，压得她有些喘不过气。

常思见她不语，秀目圆瞪：“你这个小地方来的人心里没点数吗？我早就提醒过你，时煜哥哥的身边都是顶级的专业保镖，他为了你，明知道危险没有解除却从不带保镖在身边，反而带着你这个坑货……万一，他要是有个万一，你让沈氏集团怎么办？你叫沈爷爷怎么活下去？”

“你说完了吗？我可以走了吧？”尹言面无表情地起身，漠然地瞥了一眼愤怒的常思，便离开了咖啡厅。

今天的天气不太好，阴沉沉的，整座城市就像蒙了层黄沙，朦胧得不真切。

尹言呼了一口气，心里都是沙尘的味道。

她拿出手机，拨了钟傲天的号码。电话接通后，她说道:“我们什么时候走？我希望今天或者明天。”

她说完就将手机放回口袋里，双手捂住自己的眼睛，任泪水从指缝间拼命滑落。

第十一章

沈掌门，余生请多多指教！

沈时煜在得知尹言辞职并且离开福兰市后，神情僵了僵，脸色发白，但仅仅只有一瞬间，很快就恢复如常，神色冷淡。

他回到公司不过两天时间，就全身心地投入了工作中。

只是没人知道，他出电梯门的时候习惯性地去看尹言曾经坐的办公桌，会习惯性地漫不经心地走过茶水间去听有没有她咋咋呼呼的声音，会习惯性地去顶层休息室看一看再下来……

休息室里，尹言的东西本来就少，现如今早已空荡荡的，连空气中都没有了她的气息。

已经过了一个月了。

尽管沈时煜把全部心思都放在工作上，并强迫自己不去想，他心里却总透着一股烦躁，无法纾解。

安静的办公室里，他向后靠在椅子上，严肃的轮廓上没有表情的波动，眼神亦是如此，谁都不知他此时在想什么。

许久，他单手扯了扯领带，胸口的烦闷才稍稍缓解了一些。

“尹言！”龙经理打开办公室的门，看到沙发上瘫软的那

人，忍无可忍了，“不就是失个恋嘛，有必要这么要死不活的吗？”

尹言抽了抽嘴角，表示自己不想听。

她只想安安静静地待着，怎么这么难！

“你知道我认识的一个女人失恋后是怎么缓过来的吗？”龙经理煞有介事道，“她直接去死了！”

尹言：“……”

拜钟傲天那个长舌妇所赐，现在不止龙经理，就连她远在老家养老的老爸也知道了她的事。

“什么？我女儿被甩了？是哪个臭小子这么不长眼？信不信我分分钟削了他！

“啥？嫌我家穷？那个小子什么来头，敢这么看不起我淮城第一霸的女儿？

“什么？沈氏集团？女儿啊，醒醒吧，别做不切实际的梦了……他配不上你。”

尹言：“……”

时隔这么久再回到淮城，远离了大城市的喧嚣，尹言觉得认识沈时煜这件事像是做的一个梦一样。

龙经理的大惊小怪、老爸的夺命Call、钟傲天的欠打……令她暂时摒弃了那些让人难受的片段。

然而钟傲天总会时不时挑战一下她的极限。

“尹言啊，”他语重心长道，“你说你长得不咋的，条件也不咋的，人品更不咋的，怎么不知道抓好沈时煜这个金龟婿呢？你想想你要是抓紧了他，那你往后余生不就和咸鱼翻身一样了嘛？”

尹言将牙齿咬得咯咯响，强忍着告诉自己：不要生气，不要生气……

“虽然我当时也挺苦口婆心地劝说，但你为什么要听进去呢？你一向不是最爱和我唱反调吗？”

“钟洵！”忍无可忍，无须再忍，尹言大吼一声，对准他的头就是一顿暴击。

没错，钟傲天的大名叫钟洵。毕竟人家总是霸占着榜上排名第一不放，所以公司上下皆叫他钟傲天。

日子就这样小打小闹地过了一个月，尹言只要想安静地待上那么一会儿，便总有人以为她想要自寻短见，令她不得安生。

尹言就连伤感的时间都没有了。

她已经过了矫情的年纪，难道连任性还不允许了吗？

然后在某个风和日丽的一天，龙经理好像是良心发现，突然转给她一些名曰奖金的钱。

“不是有六位数吗？你这样克扣员工的钱，对得起天地良心吗？”尹言有些不满。

“为什么克扣奖金你心里没点数吗？你回来到现在上班不积极，满满负能量，滚去散心吧！”龙经理没好气地说。

尹言决定不再暗地里嘲笑龙经理是个地中海了。

转眼间已是冬天，连空气都是冰凉的。

尹言回到租房时，已经天黑了。

小区虽然老旧，路灯也有好些都不亮了，但好在这一带很安静，不那么嘈杂。

她打开电脑查找旅游攻略，把路线和必去的景点确定后再用手机拍下来保存，就这样不知不觉到了深夜。

她伸了个懒腰，这才想起行李还没有收拾。

于是，尹言又把搁置了一个月的箱子拖出来，却并没想到打开后，一个小纸袋映入眼帘。

小纸袋孤零零被放在箱子的隔层里，尹言的脑子突然有点空。

纸袋里装着的是那时在福兰市的夜市上买的手机链。

上面有两只可爱的小鸭子，一只系着蝴蝶结，一只系着领结，可爱得不得了。

她当时幻想着沈时煜要是把这个链子拴上会是怎样一种反差萌的画面，忍不住就买了下来，还没送出去，她就……回来了。

随后，她立刻收敛心神，将纸袋取出来放到抽屉里，顺便在上面盖了一本书，这才去洗澡准备就寝。

头发微湿还没完全干，尹言已经不想再去洗手间里折腾一趟，于是她索性靠坐在床边，打开手机相册一张一张翻阅刚才保存的旅游攻略图。

她的手指在屏幕上不停地滑着，一张合照霎时占据了视野——

不服来战镇的海滩上，两人唯一的合照。

照片的背景是海天一线，海面上是一轮如镶了金边的落日，尹言笑得格外灿烂，大大地比着“耶”的手势。

而一旁的沈时煜微微侧着头，视线朝着她的方向，像是在看着她，那张总是清俊的脸上昙花一现的柔和被定格在了照片里。

这张照片保存在手机里，她却一直忘了看，因为那个时候身边一直都有他在，根本不需要去翻。

在视线还没有完全模糊之前，她赶紧将手机关了机，仿佛烫手的芋头一样扔在角落。

然后她又走到窗边，打算让这寒冷的夜风吹清醒自己的脑子，顺便吸一口新鲜空气。

窗户一打开，她深深吸了一口气，寒冷的空气被深深吸入体内，驱散了一丝混沌，本就因为洗完澡而毛孔大张的皮肤被风一吹，让她打了一个又一个寒战。

突然，她看到了那个站在昏黄路灯下的人。

路灯拉长了沈时煜的身影，更显得他身形修长挺拔。

尹言呆了，两条腿像灌了铅一样，也不知道他站了多久了，四目突然相对时，她就快步地跑出了房间。

寒冬的晚风冷得刺骨，拖鞋踩在地上发出咯吱咯吱的声音。

这个人，这个人……他在这里站了多久？

尹言一步步走近，看到沈时煜修长的身影静静地伫立在那里。

他穿着藏蓝色的中长大衣，露出里面的西装，额前的碎发有些许露水，立体的五官被路灯打出淡淡的侧影。他的黑眸凝视着她，眸色静谧，看起来风尘仆仆的样子。

“你、你……”尹言心跳速度加快，张了张嘴，一时不知道该如何喊他。

沈时煜微靠着灯柱，远远看着向他跑来的尹言。直到她站在自己面前，他还是那么静静地看着她。

过了好一会儿，他突然出声，声音淡淡：“你把你奶奶的衣服穿出来了？”

饶是下楼的途中，她想了无数的开场白，也架不住他突如其来的一句话。

她呆呆地看着自己洗完澡后穿的家居服，纯粹是因为面料舒服才一直没换，棉绸的质地，玫红色的印花图案从头到脚……

沈时煜见尹言快要缩成鸵鸟状，低头一看，她穿着拖鞋的脚踝裸露在寒风中，外套也没有穿，脸上不禁露出一丝不悦。

他脱下大衣披在她身上，手却没有放下来，姿势看起来像是拥着她一样。

尹言愣了一会儿，问道："你、你怎么来了？"

"因为有人擅自罢工且一声不吭地走了。"他的话语平平淡淡，听不出什么情绪。

尹言的一颗心悬着，以为再见面时，他会质问自己，现在，好像又没那么回事儿了。

于是她垂着头，糯糯地说道："现在这样……不是挺好的吗？"

"这样？"闻言，沈时煜冷笑一声，"你擅自做的决定，问过我的意见了吗？"

尹言被迫抬头看他。

"尹言，你从没相信过我是吗？"他低头瞧着她，眼里是她前所未见的冷硬。

水雾一层一层漫上来，她的视线里沈时煜的身影逐渐模糊。

她想起那次联谊在咖啡厅里听到的对话，想起他身边那些身经百战的保镖，想起医院里那些时日，他躺在病床上毫无生气的样子，不由得小声说道："我、我努力过了，可是我失败了……我们之间的差距那么大，你的身份、你的地位都是我不可企及的……"

他上前一步，眸色凌厉："我把你留在身边，不是让你瞻前顾后自己跟自己过不去，倚靠我就这么让你难受？"

"沈时煜，"尹言与他四目相对，眼里泛着水光，但眼泪始终没落下来，"你带我去见沈爷爷，带我去吃喜欢的东西……

可我、我也想为你做些什么，我也想把最好的尹言展示在你面前，也想陪你共患难。你总是在前行，而我一直留在原地，你知道这种什么都做不了、什么都不好的挫败感吗？”

不想做那个只会依赖你、给你添麻烦的人。

想和你风雨同舟，想和你一样做个优秀又积极向上的人。

可是起跑线不同的两个人如何才能走到一起？

沈时煜顿了顿，放下了握在她肩上的双手。

他的胃又开始隐隐作痛。

钟洵打电话告诉他，明日尹言就要出门旅行，他便立刻买了票，转了两趟飞机，用了八个小时才到淮城。

这个女人，就这样离开他，说走就走独自潇洒。

沈时煜一双黑眸定定地看着她，喉结滚动了两下，嗓音低沉：“在我身边，就这么让你有压力吗？所以，你是要放弃我了吗？”

说完，也不等她的回答，他转过身，轻轻叹了口气：“那么，就这样吧。”

与其让你这么为难不开心地留下，不如，就到这里吧。

尹言怔怔地看着他渐行渐远的背影，牵强地扯了扯嘴角，不想哭，却止不住地流泪。

她感觉，以后再也见不到他了。

好像，真的就这样了。

“沈时煜，”尹言不知道哪来的勇气，突然冲上去紧紧抱住他厚实的背，“不要走。”

沈时煜一震，身体紧绷，整个人都僵在了那里。

面对迷途知返的“小羔羊”，面对好不容易鼓起勇气的“小乌龟”，他的反应居然是冰冷的两个字——

“放开。”

尹言执拗，抱得死紧：“不放。”

他默了默，再开口却依旧是那句话：“放开。”

她不安且害怕，眼泪忍不住就掉了下来，把他的西装打湿了一片，像小孩子耍赖一样带着浓浓的鼻音嚷道：“就是不放开！”

沈时煜顿了顿，似乎叹了一口气，在等着她的回答。

尹言咬了咬牙，十指扣得紧紧的，生怕他会走，决定就勇敢这么一回，至少以后回望时不会后悔得想穿越时空打爆自己的头，于是在他背上哭道：“我没有放弃你，我只是讨厌这样的自己。我知道这是我的自卑在作祟，但我真的很喜欢很喜欢你，你能不能接受这样一无是处的我，能不能等等这样的我呢？”

她一股脑儿说出来，声音哽咽，说得断断续续。

“我不会再给你添麻烦，我会一直一直努力，直到他们都认可我。你能不能等等我，等我足够优秀……”

闻言，沈时煜一点一点掰开她的手指，在她以为他又要走

的刹那，被他抱在怀里，温柔地说：“和你在一起的是我，不是他们。”

他低沉微哑的嗓音在她耳边响起，宽大的手掌扣着她的后脑勺，另一只手抱住她的腰，以绝对强势的姿态，将她整个人都扣在了怀里，动弹不得，叫她心弦颤个不停。

“做你想做的事，做你自己，不用在意任何人的眼光，这样的你，才是我沈时煜看上的女人。”

任你在前头如何兴风作浪，有我在后头为你挡风遮雨、寸步不离。

这样两人就算和好了吧？

尹言在厨房里一边捣鼓着锅铲，一边想着。

沙发上闭目养神的沈时煜单手不自觉地捂住胃，显然是长途奔波没有吃饭。

等外卖不知道得多久，幸好冰箱里还剩几个鸡蛋和一包拉面，尹言便简单地做了碗鸡蛋面。

尹言把面条端进客厅的时候，沈时煜脱去了西装外套，左手手背搁在眼睛上，安安静静地半躺在那儿，光线罩着他的五官，柔和了他的轮廓。

她蹑手蹑脚地靠近，见他眉头紧紧地蹙着，黑眼圈深重，可想而知他这段时间都没怎么休息好。

于是尹言不忍把他叫醒，取来毛毯摊开，然后俯身轻轻地给他盖上，刚要收回手，手腕却被牢牢抓住。

那双漆黑幽深的眼睛正盯着她看。

“胃是不是还难受？”

尹言顺势靠在沙发上，见他没有松手的意思，也就任由他握着。

“有种在疾风馆的错觉，”沈时煜松开她的手，坐直了身体，“你知不知道你睡觉时磨牙像是要把牙齿咬碎了似的？”

“……”

本就夜已深，加上路途遥远，沈时煜自然而然就留在了淮城。

出租屋不大，床也只是一米五的单人床。

睡酒店？

某人如是说：“人生地不熟的，万一被劫色，谁保护我？再说了，这里有免费的住宿它不香吗？”

沈时煜腿长手长，一半身体都露在沙发外，然后，还是老规矩，他睡床，她睡沙发。

以前在疾风馆的时候，两人虽然都睡在同一间房，却远没有此时此刻的拘谨。

尹言在沙发上翻来覆去的，听到洗手间的水声终于停了，才爬起来准备上个厕所。

谁知她前脚刚迈出去，对面洗手间的门被里面的人打开了。

首先入目的是一双修长笔直的腿，她蓦地抬头，沈时煜站在门口，乌黑的头发湿答答的，像是刚冲完澡，他没有穿上衣，露出大片结实的胸膛。

多看一眼都会令人呼吸不畅。

下一秒，尹言就别开头，目不斜视地挪到洗手间并关上门。

谁知她刚打开洗手间的门，身后忽然传来脚步声，她来不及反应，腰间骤然一股大力袭来，沈时煜一下子将她搂过去，她紧贴在他的胸膛上。

这突如其来的动作，令尹言“啊”地惊呼一声。可她很快就没了声音，因为沈时煜的身体往前顺势一压，就将她紧紧扣在墙上，低头就吻了下来。

尹言的大脑嗡地炸开了锅，屋内灯光朦胧，眼前全是这个男人的轮廓，微凉的空气里，全是他的气息。

这是比上一次在大学校园里，都要深入持久的吻。

尹言的双手原本抵在他光滑的胸口上，感受到他炽热的体温随即又不知所措拿开，最后只能垂在身侧。

而后，沈时煜终于移开唇，幽黑的双眸盯着她。

尹言抬头，他正垂着眼，两人的呼吸交织在了一起。

“你、你快回房间吧，不要感冒了。”尹言推了推他，觉得整个人都要炸裂了。

沈时煜握住她腰间的手松了松，便若无其事地回了房。

以前在疾风馆时有帘子隔开，形象什么的都无所谓。

可今时今日不同，尹言早早地就醒过来了。

更准确地说，她是一整夜都迷迷糊糊的没怎么睡着。

手机显示的时间是六点还差十分钟。

外面的天蒙蒙亮，尹言躺在沙发上盯着白色的天花板，全身提不起一丁点力气。

一晚上，她脑海里挥之不去的是唇上那个带着占有气息的吻。

尹言将脸埋进靠枕里，狠狠鄙视自己。

实在是睡不着，尹言索性起身去了洗手间。

望着镜子里的女人浓浓的黑眼圈，她抓了抓蓬乱的头发，俯身往脸上扑了两捧水。

她刷了牙，随便扎了个辫子，便听到玄关处嘭嘭嘭的敲门声。

尹言翻了个白眼，这扰民的架势除了钟傲天还能有谁。

“大清早的你是想我被投诉吗？”尹言没好气地说道。

她打开门，钟傲天就提着两个袋子冲进了屋。

那厮刚放下袋子，立刻抽抽鼻子凑近尹言嗅了嗅，说：“我闻到了一股恋爱的酸臭味。”

尹言：“……”

老天仿佛觉得还不够尴尬一样，卧室的房门这时也打开了，沈时煜穿着白衬衫站在门口，面无表情地看着客厅的两人。

钟傲天指着门口的人，一脸的不可置信，问道：“他怎么会在这里？”

尹言只能用傻笑来代替回答了。

她抓起茶几上的袋子转身进了厨房。

钟傲天早晨上班时偶尔会给她带早餐，代价就是她把闺蜜的行踪报给他，或是帮他约她闺蜜出来喝喝茶聊聊天。

尹言在厨房忙活着，沈时煜便若无其事地在洗手间里开始洗漱。

牙具毛巾皆是全新的，虽然尹言说这是给偶尔会来的钟傲天准备的，毕竟两人偶尔会讨论安全方案到很晚，而且只把钟傲天当姐妹，但这还是令他很不爽。

特别是一大早就看到这个令他不爽的人，完全是在给他添堵。

“没想到你真的来了。”倚着墙的钟傲天不冷不热道。

“毕竟我付出的代价也不小。”沈时煜瞥了一眼厨房的方向，表情平静。

钟傲天把尹言的行踪告知沈时煜，相等的，沈时煜也付了不少的钱。

等到浑然不知被卖了的尹言从厨房端出早餐时，客厅却只剩沈时煜一人。

她知道钟傲天这人咋咋呼呼行踪不定，也没放在心上。

“你、你……什么时候回去？”

坐在沙发上踌躇许久，尹言终于问出了昨日便一直想问的问题。

沈时煜放下水杯，轻描淡写道：“等你想要回去的时候。”

“啊？”尹言微怔，随后眼神躲闪着，“我、我已经在家了……”

他看了尹言一眼，微微一挑眉：“所以，你想和我异地恋？”

尹言一时竟不知道该说什么，气氛一时很微妙。

沉默半刻，她轻轻地伸手，抱住他的腰，将脸埋在他的怀里，说道：“其实我做了一个决定。”

“嗯？”

“你受伤的那天，我心里很自责，也很后怕……我想说的是，我想要变得强大，可以保护你，可以与你肩并肩一同击败敌人，我不要成为拖你后腿、让你瞻前顾后的人。我都一把年纪了让我再去学习知识真的是要我的命，所以，你能不能等等我，我想去训练营进修。”

沈时煜不动声色地听着，女人的声音变得极度的温顺讨好，他嘴角不由得泛起些笑意：“你的意思是想把格斗术学好？”

怀里的女人轻轻点头。

“难道，你没发现你身边就有一位完全可以做你师父的人？”

尹言一愣，忙摇摇头：“钟傲天吗？我才不要，在他手中训练我怕分分钟被整残。”

沈时煜闻言，挑了挑眉：“那你觉得，钟傲天和我，谁的功夫好一点？”

“当然是你啊。”尹言想也不想地回答。

“那为什么你第一个想到的不是我？”

尹言“啊”的一声，抬头撞进了他漆黑的双眸里，那双她曾经总是鄙夷平淡无波的死鱼眼里，如今都是她的身影。

她的脸又不可遏制地红了。

“我可以指导你，还是免费的，只是要收点利息。”沈时煜凝视着她，他的轮廓被透窗而过的冬日暖阳映得通透，他一字一句说得格外认真，“利息就是你必须待在我身边。既然你说要我等你，那我必须在原地等你，为你披荆斩棘，在你前行路上疲倦的时候，在你身后支撑着你。”

谢谢你的决心，谢谢你总是设身处地地为我着想，我阻止不了你的决定，更不能遏制你的梦想。未来彷徨坎坷，我们并肩同行。

尹言的眼眶霎时红了。她忽然意识到一个事实，原来她不仅深爱着他，她还一直崇拜着他，跟周围其他人并无不同。尽管她曾经因他的强大而胆怯却步，尽管他们之间的差距大到像是隔着一个银河，可他愿意等她，无论这条路上有多少荆棘，他都愿意在前路上等她。

“那我要努力把格斗术学好，出师后开个武馆，招好多学员赚钱，哈哈哈。”

“唔……我把疾风馆买下来了。”

“啊？你的意思是重振疾风馆吗？那真是太好了，那里风景甚好，吸天地之精华，正是学武的最佳之地啊！”

“所以，武馆掌门依旧是我。”

后来，沈时煜留在福兰市一步一步整顿和规划沈氏集团，尹言则去了不服来战镇山顶的疾风馆继续打杂。

“到底做不做事了？”小圆极度不满，“我们仨不是说好手牵手一起当保镖的吗？现在你一个人傍上老板是几个意思？”

李存离流着泪望天：“首先，我们排除性别这个问题。”

老师父幸灾乐祸：“啊哈，掌门终于被拐骗了，肥水不流外人田，你运气真背啊！”

尹言翻了个白眼，说道：“你们几个乘完凉了吗？快过来帮忙啊，小心我告诉掌门扣你们工资！”

因年久失修，疾风馆有一处已经倒塌，尹言一个人忙上忙下，又是砌砖，又是运土。而疾风馆三人组，一个个嫌弃没有小费，都在一旁指挥。

初春的季节，天空纯净得像一张蓝纸，几片薄薄的白云，像被阳光晒化了似的，随风缓缓浮游着。

尹言坐在疾风馆门口，心里痛骂这群人没有人性，要是……要是沈时煜在就好了。

一缕透过门口的老槐树照进来的阳光恰好晒着眼皮，让人有一下睁不开眼睛，再睁眼时，就看到有个人影越走越近，那身形越看越眼熟。

尹言怔怔地看着来人，因为他的出现，她的心跳突然有点不稳。

他一身青色长袍，背着光向她走来，五官如同浮雕般柔和而生动。

“沈掌门，好久不见！”

长路漫漫，沈掌门，余生请多多指教！

番外一 求婚

回来的短短数月时间，沈时煜已经成功地接手了沈氏集团，并且将沈凝手中所有的股份与实权收回，一时间声望和名气达到了巅峰。

集团年会上，一个男人被众人簇拥着出来。

他穿着黑色的纯手工西装，勾勒出修长挺拔的身材，水晶灯照映着他英俊的面容，衬得他的轮廓更立体分明。他抿着唇，沿着台阶缓缓走下来，瞬间吸引了全场的关注。

尹言和其他人一样，抬头看着台上的沈时煜。

虽然经常见到他，可她还是第一次看到他在这么多人面前说话。此时的他好像浑身上下散发着一种特殊的气场，轻易地就压住了全场。

他的神态自信而优雅，并没有什么夸张的动作，然而每句话从他嘴里说出来，却令人信服且备受鼓舞。

“哎，小言，你有没有发现，沈总越来越……”

尹言有点蒙，等着旁边的人把话说完。

“就是感觉越来越……往禁欲系的方向走了啊！”

“……”

“如果说还是沈副总时的他，是生人勿近高不可攀型，那么现在的他，就是高冷禁欲，让人欲罢不能啊！”

台上的男人光芒万丈，此刻正严肃认真地为新年开篇致词。

而坐在台下角落里的顶层三人组，更确切地说是刘特助和李秘书，兴奋且激动地不停地窃窃私语。

禁欲？

虽然两人亲的次数比较多，但都是点到为止……

想到这些，尹言的脸突然就红了。

“咦，小言，你脸红什么啊？你脑子里不会在幻想和沈总不可描述的画面吧？”

“怎么可能！”尹言掩饰道。

毕竟两人交往的事，她都很小心翼翼，怕被察觉出端倪，从来都是上班期间避免与沈时煜有过多交集，所以集团内部的人尽管因为那次比赛事件而怀疑他们，但被她找了各种各样的理由搪塞过去，她才不想被嫉妒的视线射成筛子。

尹言决定不和这两个一脸春心荡漾的女人“同流合污”了。

然而其他人怎会放过这个一年一度的放松时间，桌上开始你来我往地敬酒贺词。

转眼一年就要翻篇开始新的一轮征途，大家对未知的一年既憧憬又彷徨。

“来来来，为新的一年，干杯！”

“干杯！”

……

一桌八九个人，一杯一杯敬过来敬过去的，尹言盯着桌上不断出现重影的菜，脑子一片混沌。

“不是吧，小言，两瓶啤酒你就不行了？”尹言身边的人人道。

“哈哈，已经差不多了，你们别再为难我了，我怕我吐出来这一桌菜就都毁了……”

她挥了挥手，示意其他人继续喝。

“让开吧，我来！”一个低沉的男声响起。

这时，身侧的男同事正要伸手扶着她坐下休息，手还没有碰到，便被突然插进来的一只手挡住。

头顶被挡住的光线在他棱角分明的脸上投下一道灰色的剪影，令她看不清他的五官。

随着沈时煜的走近，周遭瞬间安静了。

什么情况？

沈总又抱着尹言？

“哇哦，沈时煜，这样看你真的好帅噢！”尹言摇晃着站起来，头顺势靠在他肩上。

沈时煜低头看着怀里的女人，上一刻还神情阴沉，这会儿已经恢复了淡然，然后，不顾众人的惊呼，他搂着她的肩膀将她带离了现场。

“这下好了，他们都知道了。”尹言责怪道。

“也就是说你喜欢这种像地下情又像偷情一样的恋爱模式？”

尹言：“……”

顶层的休息室里，尹言将窗户敞开了一条缝，被夜风一吹，她原本昏沉的脑子有点清醒过来。

窗外五彩缤纷的霓虹灯闪耀着，灯火通明，为即将到来的新年增添了喜庆的颜色。

“沈总，新的一年你的愿望是什么？”

沈时煜端来两个杯子，一杯递给她，说道：“没有比发财更切实际的了。”说着，自顾自地喝了一口。

尹言暗暗鄙视他一下，端起杯子晃了晃淡粉色冒着气泡的液体，问道：“这是什么？”

沈时煜说：“这是果啤，没有度数的，我们小酌一杯，来应个景。”

尹言点点头，仰头就喝了下去。

沈时煜见状，默不作声地接过她手中的杯子，眼底闪过笑意。

不多时，尹言摇摇晃晃着有些站不稳了。

“沈时煜，我、我不喜欢你现在这个样子，”她趴在他的肩上，耍赖般将重量交给他，“你太帅了太帅了，让我好有压力……”

“那你想怎么办？”他按住她那只在他脸上捏捏这里捏捏那里的手，声音沉冷。

果然，酒后的她胆子更大。

她的小手牢牢圈住了他的脖子，委屈地说：“想把你占为己有，想给你盖章，想要全世界的人都知道你是我的。”

沈时煜眸色一暗，喉头耸动了下，循循善诱道：“所以，你只是嘴上说说，没有任何实际行动……”

话没说完，他就被尹言突如其来的吻锁住。

生涩，却热烈。

下一秒，沈时煜的神色变得有些复杂。

他伸手揽住了她的腰，将她横抱起来，黑白分明的双眸里，闪过一丝隐隐的笑意。

尹言被他这样注视着，只觉得整颗心都被塞得满满的。

尹言醒过来时，感觉整个人仿佛置身于冰火两重天，口干舌燥得厉害，眼前的景物恍恍惚惚，看不真切。

耳边似乎有哗哗的水声，尹言一个翻转，人已经滚落到了地毯上。

这一摔似乎让她清醒了不少。

她低头看了一眼地上散落的衣物，再看一眼自己……

天哪！

她不顾全身的疼痛，挣扎着爬上床去，一头钻进了被窝里，然后，便感觉到有人从被窝上轻轻地压了下来，连人带被地圈在怀里。被子外，是沈时煜低沉沙哑的声音：

“新年快乐！”

尹言红着脸躲在被子里，害羞得不知道该怎么面对。

这时，被子被掀起一道缝，缝隙里有什么东西摆在那儿。

尹言见是一个小小的方形盒子，猛地把被子掀开，不可思议地看向沈时煜：“你、你……”

周围的空气热得像火。

尹言的脸倏地红得快要滴出血来，她掀起被子又要举上头顶，手腕却被抓住，被他拽进了怀里。

沈时煜认真地说：“嫁给我！”

尹言原本想要挣扎的身体僵住了，眼眶微微有些发酸，问道：“你……你是认真的？”

他的吻陆陆续续落在她的肩头、肩颈，慢慢往下移，令她忍不住微微侧头。

他的嗓音低沉清冽，在她耳边轻声道：“我自然是认真的，除非……你想吃干抹净后甩手走人。”

“那，你知道我老爸的外号叫什么吗？”

沈时煜被这突如其来的一句问蒙了。

“我老爸的外号是‘淮城第一霸’，他说，你如果将他打败了，你才有这个机会！”

“这有何难！”

番外二

关于沈掌门的婚后那些事儿

01

沈氏集团顶层办公室里。

某位不速之客不顾形象地半躺在沙发上，而“霸总”沈时煜一如既往地选择无视。

他虽然像是认真地在看手里的文件，但思绪……

莫靖垣：“听说尹言最近学习了散打？”

沈时煜：“嗯。”

莫靖垣：“那她现在的功夫有进步了？”

沈时煜：“功夫？你说的哪方面？”

莫靖垣：“我怀疑你在开车，但我没有证据。”

02

沈时煜刚接掌沈氏集团，忙得不可开交，唯有晚上才有空余时间指导一下尹言，然后看到她手臂上、大腿上，甚至肩颈处都泛着瘀青，他的黑眸不禁露出了不悦。

沈时煜问道：“你何必这么拼命？”

尹言说：“训练营里好多都是职业选手，他们都是实打实的训练，这样我才能学到更多啊。”

尹言见沈时煜皱着眉头替她搓揉着双臂活血化瘀，心里突然就暖暖的，知道他这是在担心她，于是，她钻进了他的怀里，将脸埋在他胸前蹭了蹭，柔声细语说：“老公，不要生气嘛！”

果然，沈时煜揉着她的头发，虽然没有说话，但神情却没有那么僵硬了。

03

尹言不高兴了。

同样的，会议室里的气温也骤然下降不少，会议桌上的员工个个面面相觑——

今天的 Boss 好像不太一样。

虽然沈时煜总是冷冰冰面无表情的，可今天他好像自带聚冰器，一靠近就会被冷冻结冰。

两个人在一起久了，哪有不吵架的呢？

而他们吵架的理由是——

尹言感叹道：“哇哦，今天教练的腹肌超有型，看起来好性感哦。”

沈时煜顿了一下：“腹肌？性感？有型？”

尹言没反应过来，继续说道：“是啊，是啊，训练久了容易出汗嘛，他们都将上衣脱掉，那汗水在八块腹肌上滚动……我的天哪！”

沈时煜：“……”

于是第二天，训练营里所有的教练和学员再热都不准脱上衣，说是影响集团形象。

尹言就觉得沈时煜太小题大做了，有点小心眼，于是决定不理他。

两人冷战了一天，电话微信信息都没有。

然后晚上尹言回家洗完澡准备睡觉，刚打开洗手间的门，便被拽进了一个一身汗味的胸膛。

（司机今日的内心独白：“Boss 怎么了？今天突然跑步回家？”）

尹言的鼻子撞在湿热的胸口上，入眼的便是平坦又纹理分明的腹肌，再往上，是精壮刚硬的胸膛。

一抹鼻血流了出来，充分地泄露了尹言色女的形象。

尹言虽然见过好多次他没穿衣服的时候，但是他眼下这样子，真的……好性感！

“女人，满意你看到的吗？”沈时煜问道。

后来——

“讨厌，睡衣上都是汗味，我刚洗完澡！”

“正好我还没洗，不介意再洗一遍！”

04

顶层三人组今天聊天的内容是如何探索男人的内心世界。

刘特助煞有介事地说：“如果感情或者婚姻中，总是只有一方主动，那么主动的那一方久而久之就会累，就觉得自己不被重视。”

一旁假装镇定的尹言在内心反省了这个问题。

呃……主动？

哪方面？

为了这个问题，她思考了一整天。

直到快下班时，她实在忍不住了，才跑去问刘特助。

“你傻呀，如果物质精神爱情都满足了，还有那方面也主动一些呀，男人嘛，就喜欢主动的女人！”

尹言红着脸躲开了。

回家后，躺在床上的她又开始左思右想。

物质？虽然她有在努力上班，但工资是沈时煜发的呀。

精神和爱情？那肯定是全都交给他了呀。

那方面……

尹言将自己埋进了被子里。

这个……

于是沈时煜在书房看完文件后，准备洗澡睡觉，刚踏进浴室，便看到了穿着浴袍端坐在浴缸边红着脸的尹言。

“我、我帮你搓背吧。”

“女人，你这是在玩火！”